石川啄木と岩手日報

小林 芳弘

桜出版

〈表紙カバー・表紙写真提供〉
石川啄木（明治35年秋）／石川啄木記念館
明治後期の岩手日報社／岩手日報社

石川啄木と岩手日報

〈目次〉

第一章　石川啄木と岩手日報

はじめに

啄木生誕一三〇年、宮沢賢治生誕一二〇年に当たり、岩手日報は二〇一六年、特集記事を組んだ。その記事の最後に太田登国際啄木学会元会長の言葉を引用して「岩手日報により詩人啄木は誕生と飛躍、思想の成熟が可能だった。東京朝日新聞と並び岩手日報は啄木にとって欠くべからざるメディアだった。」と締めくくっている。

啄木と岩手日報との間には、太田登元会長が指摘する通り、長く深いつながりがあったことは良く知られていることであるが、両者の関係について詳細に書かれた書物はない。わずかに吉田孤羊による『啄木発見』に収録されている「啄木と岩手日報」くらいのものである。『石川啄木事典』の中の「岩手日報」は、ほぼ二ページを費やして六岡康光元岩手日報学芸部長が執筆しているが、岩手日報の社史と掲載された啄木作品の数や時期、東京朝日新聞学芸部長になった佐藤真一に関することだけで終わっている。また、二〇一六年に組んだ特集記事をまとめた『啄木賢治の肖像』においても、以下に述べるような岩手日報に掲載された啄木関連記事をもとにした啄木と岩手日報の関係はまったく取り上げられていない。

今回、明治九年から大正初めまでの岩手日報、岩手毎日新聞、岩手公論を隈なく調査したところ、これまであまり知られることのなかった啄木や啄木周辺の人物の消息記事、啄木と岩手日報との関係を示す数多くの資料を発見することができた。新資料を検討していくうちに、啄木と岩手日報の関係がいかに長期にわたり深いものであったかを思い知らされた。今回発見された資料をもとに、啄木が挫折を繰り返し悩みながら成長していく過程で岩手日報がどのように関わっていたかを見ていきたいと思う。

一　啄木と岩手日報の関係

岩手日報の前身は巌手新聞誌である。この新聞は、岩手県内初の新聞として明治九年七月二一日に誕生したが、一号で廃刊になった。その後、巌手新聞誌は日進新聞と改題し、明治一七年に巌手新聞に変り、さらに岩手日日新聞と改題、やがて姉妹紙の岩手公報に吸収された。

「岩手日報」という名前の新聞が生まれたのは明治三〇年のことである。その前年に創刊された「盛岡日報」と「岩手公報」が合併して岩手日報になった（『石川啄木事典』）。このような紆余曲折を経て、現在の岩手日報まで受け継がれており、今年はこの巌手新聞誌発行から一四五周年ということになる。

岩手日報に啄木作品が初めて載ったのは、明治三四年一二月三日のことである。盛岡中学の先輩、金田一京助、及川古志郎、野村長一らの影響を受けて結成された短歌グループ「白羊会」会員の歌が、翌三五年一月一日までの約一か月間にわたり合計二五首掲載された。この「白羊会詠草」の中に石川翠江、翠江の名で啄木の歌は六首載っており、これは啄木作品が活字になった最初のものである。一五歳で初めて岩手日報に作品が掲載されて以来、二六歳で亡くなるまで、歌、詩、エッセー、評論、文芸時評などの作品が一一三回掲載された。啄木と岩手日報に関する簡単な略歴とそこに掲載された啄木作品を表一に示した。

明治三四年に啄木作品が初めて岩手日報に掲載されてから同四四年の百回通信まで一〇年間に渡り、岩手日報は作品を掲載し続けたということになる。これほど長きにわたり啄木作品を掲載した新聞はほかに見当たらない。

二　啄木と岩手日報以外の新聞社との関係

啄木が籍を置いた新聞社は年代順に函館日日新聞、北門新報、小樽日報、釧路新聞、東京朝日新聞である。在籍期間と掲載された啄木作品、啄木記事を表二に示した。函館日日新聞には明治四〇年八月わずか一週間ほど遊軍記者として勤務し、月曜文壇、日日歌壇を立ち上げ「辻講釈」という題で評論を発表した。また、退社後に「汗に濡れつつ」（明治四一年）、「郁雨に与ふ」（明治四四年）の二篇を書き送り掲載されている。札幌の北門新報には約二週間校正係として勤務した。ここでは「北門歌壇」を手掛け、「綱島簗川氏を弔う」を書いた事が知られている。明治四〇年一〇月一日創刊の小樽日報には二か月半近く勤務した。当時の小樽日報のほとんどは散逸してお

〈表一〉 岩手日報に掲載された啄木作品、消息記事他年譜

明治9年7月21日	巌手新聞誌創刊
19年2月20日	啄木誕生
30年4月1日	巌手日報創刊
31年4月25日	啄木盛岡中学入学
34年12月3日から35年1月1日まで	白羊会詠草（一）夕の歌六首　石川翠江　7回
35年1月11日から12日まで	『草わかば』を評す　麦羊子　2回
3月11日から19日まで4回	文芸時評「寸舌語」　白蘋
5月30日から6月1日まで	五月乃文壇　白蘋生　3回
20日	『ゴルキイ』を読みて　ハノ字
21日	夏がたり（一）小説の新方面　ハノ字
10月30日	文学で身を立てるため上京
36年2月27日	父と帰郷
5月31日から6月10日まで	ワグネルの思想　石川白蘋　7回
12月18日から19日まで	無題録　石川啄木　2回
37年1月1日	詩談一則　石川啄木

10日	雑吟　啄木生
19日	西伯利亜の歌　石川啄木
24日から26日まで	樗牛会に就いて　石川啄木　2回
3月3日から19日まで	戦雲余録　石川啄木　8回
4月28日から5月1日まで	渋民村より　啄木　4回
8月9日	渋民村の大祝捷会記事
10月31日	詩集刊行のため上京
38年5月3日	『あこがれ』発行
20日から23日まで	『あこがれ』広告　3回
6月4日	盛岡市帷子小路八番戸に移る
9日	閑天地連載開始　石川啄木
13日	白三角記事
25日	盛岡市加賀野磧町四番戸に移る
7月7日	閑天地最終回　21回
8月4日から15日まで	岩手県師範学校校友会雑誌を読む　7回
17日から	『小天地』広告　小6回

	27日から	同　大5回
	9月5日	『小天地』発行
	9日	『小天地』発行広告
	17日	文芸評論（三）小笠原迷宮
39年	1月1日	其五一面　古酒新酒　石川啄木
		其五三面　白命遺稿を読みて　石川節子
	3月4日	渋民へ移転
	4月11日	渋民尋常高等小学校代用教員拝命
40年	5月5日	一家離散函館着
	8月25日	函館大火
	9月16日	北門新報出社
	10月1日	小樽日報出社
41年	1月22日	釧路新聞出社
	4月28日	函館から横浜新橋経由で上京
	5月19日	石川啄木氏消息記事
	10月13日から16日まで	空中書　一布衣　3回

30日から11月1日まで	日曜通信	石川生	3回
11月3日	小春日	石川生	
42年3月1日	朝日新聞出社		
5月26日から6月2日まで	胃弱通信	一病客	5回
10月5日から11月21日まで	百回通信	啄木	28回
45年4月13日	啄木死去		

り現在では見ることができないが、啄木の残してくれた「小樽のかたみ」により記事を確認することができる。「新聞記者らしき生活に入つた最初の祈念として、小樽日報紙上にかける者のうち特に当時を追懐すべきものを択び」作ったものが「小樽のかたみ」と名付けられたスクラップブックである。「小樽のかたみ」には九六篇の切り抜き記事があるが、啄木が執筆した文章・記事の総数は九四篇である。その他に釧路までの行程を「雪中行」として書き送っている。釧路新聞に在籍したのは四一年一月下旬から四月初めまででここも三か月に満たなかった。釧路新聞では釧路詩壇、雲間寸観、卓上一枝他約一一〇篇の啄木記事が書かれた。東京朝日に出社したのは四二年三月一日の事であった。ここでは校正係として入社したがやがて朝日歌壇を手掛け、「歌のいろ〳〵」、「吉井君の歌など」の記事を書いた。四四年二月には慢性腹膜炎と診断され入院し、退院後は自宅療養に入り出社できなかった。翌年四月に死去するまで在籍した期間が三年余と朝日新

〈表二〉啄木と新聞社とのかかわり

社名	期間	掲載作品
岩手日報	明治34年12月3日〜42年11月21日	短歌、詩、評論113回
函館日日新聞	明治40年8月18日〜40年8月25日	汗に濡れつつ 9回（42／7〜） 郁雨に与ふ 8回（44／2〜）
北門新報	明治40年9月14日〜40年9月27日	北門歌壇 2回 綱島梁川氏を弔う 3回
小樽日報	明治40年10月1日〜40年12月21日	小樽のかたみ 91篇 雪中行二回
釧路新聞	明治41年1月22日〜41年4月5日	釧路詞壇、雲間寸観、卓上一枝、紅筆便り 内外記事他 110篇
東京朝日新聞	明治42年3月1日〜45年4月13日	朝日歌壇 82回、紙上の塵 4回 歌のいろ〳〵 5回、吉井君の歌他
東北新聞	明治38年5月	わかば衣

東京毎日新聞	明治41年11月1日〜44年8月31日	小説『鳥影』、弓町より、心の姿の研究 文学と政治、性急な思想　他
国民新聞	明治42年1月26日〜2月21日	短歌9首
読売新聞	大正元年8月29日〜9月29日	小説『我らの一団と彼』

聞が最も長かったにもかかわらず掲載された作品数は多くなかった。

以上の事から、東京朝日新聞以外は在籍期間に比例して掲載作品、啄木執筆記事数が多くなっていることがわかる。これらの新聞社と比較することにより、岩手日報がいかに多くの啄木作品を長期間にわたって掲載し続けたかがわかる。しかも啄木は岩手日報には一度も在籍したことがないのである。

さらに、啄木が籍を置いたことはないが作品を掲載した新聞を年代順にあげると、東北新聞、東京毎日新聞、国民新聞、読売新聞などがある。東北新聞には、明治三八年五月「わかば衣」と題して『あこがれ』出版直後に仙台に立ち寄った時に書いたものが三回にわたって連載された。東京毎日新聞には、明治四一年一一月一日から年末まで六〇回にわたり小説「鳥影」が連載され、その後「弓町より」「心の姿の研究」などの評論が載った。国民新聞には明治四二年から短歌九首、読売新聞には、啄木没後の大正元年になって小説「我らの一団と彼」が掲載された。

三　岩手日報に掲載された啄木関連広告記事

『文庫』誌友会開催告知広告

岩手日報は、盛岡中学在学中から後年東京朝日新聞社に勤務していた時代まで、数多くの啄木作品を掲載してきたことを本章の一で説明した。啄木と岩手日報との関係を考えるうえで次に重要なのは、啄木に関連する広告記事が多いことである。表三に啄木関連広告記事一覧表を示した。

明治三五年の正月、啄木が『文庫』誌友会開催を発起しその広告が岩手日報に掲載されたことは、六年後の啄木日記に示されている。しかし、広告記事そのものは長い間知られることがなかった。

私は国際啄木学会盛岡支部会報第二十六号（二〇一七）に「最初に岩手日報に掲載された啄木関連広告記事は明治三五年一月上旬であったと思われる。この時期の岩手日報は長期間にわたり欠損しており確認することができない」と書いた。

その後の調査により、啄木が頼んで載せて貰った『文庫』誌友会開催広告記事を探し当てることができた。これにより、啄木日記に書かれていることが事実であることが確認され、広告記事掲載までの経緯が明らかになった。最初に盛岡文庫誌友会と広告記事について考察し、岩手日報に掲載された啄木最初の評論「『草わかば』を評す」との関連について論じることにしたい。

数日前から送られてくる新しくなった岩手日報を目にし「此の新聞と予の関係も随分長い」で

始まる啄木日記は七一行におよぶ。その一節は次のようなものである。

正月の八日(?)に予が発起で、多賀の一料亭で"文庫"誌友会を開いた時、その広告は福士氏に頼んで無代で三日許り載せて貰つた。(明治四一年九月一六日)

このほかに、金田一京助編の「啄木年譜」明治三五年には、「一月、自ら発起して『文庫』誌友会を盛岡多賀の水月亭にて開催、来会するもの三十五六」と記されており、斎藤三郎の『文献石川啄木』の中にも「『文庫』誌友会は(明治三五年)一月八日の岩手日報に広告を載せ、(一月)一一日に行われた。当日の模様は『文庫』第二十巻一号に盛岡文庫誌友会として掲載」と記されている。

『文庫』は明治二八年創刊で当時最高の文学雑誌であった。原達(抱琴)、金田一京助は在学中から『文庫』の寄書家として天才的な片鱗をうかがわせており盛岡中学に文学的な胚種をうえつけたといわれている。

昭和二九年二月一〇日に開かれた「啄木の人と生活」と題した座談会の中で、金田一京助は「原敬の甥の原達さんが一年の時村雨と号し、同級生の小笠原敬三(号は黄花・鹿園)と共に当時の文学雑誌『文庫』に作品を発表していた。私どもが文学に興味を持ったのはその影響であった。」というのに対し、野村胡堂は「文庫は青年の文学運動で盛んに気焔を上げておりました。盛岡で会を開いたことがあり私もその会に出たはずです。」と語っている。
前出の斎藤三郎著「雑誌『文庫』と啄木」には、次のような一文が引用されている。

△　△　△

盛岡文庫誌友会

會する者約三十名、誌友会を多賀の水月亭にひらいた。
午後三時頃漸く古木君が立つて、簡単に開会の趣旨を述べられた。皆々居すまひを直して眞面目になると、やがて佐々木君の旅行談、古木君の「田園」野村君の「現今文学と社会の要求」など、各々快弁をふるはれた。（略）
その内に茶菓の饗応があり、やがて夕飯が出た、快く談笑の内にそれが済むと雑談が始まる。一方で『滑稽俳句集』を朗読し始めると、他の方では歌論や文士月旦が出る、無性に洒落る人もあれば、素的に真面目な人も見える。俳人が俳人歌人が歌人と自然一團になるなど頗る妙であつた。（略）やがて午後十時となつた、で、誌友会万歳文庫万歳を三唱して、めでたく散会した。

この文章の後に来会者人名が並んでいる。その筆頭が上田寅次郎（当時、遠野中学校歴史教師）であり末尾が石川一である。盛岡中学関係者は阿部修一郎、荒木田定俊、上野広一、小野弘吉、小林茂雄、古木潔、野村長一、佐々木友三郎、島泰五郎、瀬川深、岡山儀七、佐藤善助、小沢恒一、下村恒哉、安村省三を含めて一七名で、他に岩手師範学校関係、杜陵吟社同人、一般参加の各氏が名を連ねている。

〈表三〉岩手日報に掲載された啄木関連広告記事

明治35年1月9〜11日	『文庫』誌友会開催広告　三段一回　一段二回
明治38年1月1日	年賀広告「謹賀新禧　一月元旦　石川啄木　東京砂土原町」
5月20〜23日	処女詩集『あこがれ』広告　三回
7月1〜2日	「閑天地」休載広告　二回
8月17〜26日	文芸雑誌『小天地』広告・原稿募集　一段二回
8月27〜9月1日	文芸雑誌『小天地』広告・掲載要目　三段五回
9月9日	文芸雑誌『小天地』発行広告　一段一行
明治39年1月1日	年賀広告　「恭賀新年　石川啄木」
明治43年1月1日	年賀広告「恭賀新年　東京在住　石川　一」
明治44年1月1日	年賀広告「恭賀新年　石川　一」
明治45年1月1日	年賀広告「賀正　在東京　石川　一」
4月16日	死亡広告　広告欄以外の新聞記事

斎藤三郎は昭和一三年（一九三八）になってこの文章を発見し、「匿名ではあり果たして誰の筆になるものか断定出來ないのであるが、一寸考えてみても啄木が発起人であったこと、署名の△が三つであること、参会者の最後に彼の名があること、真面目な中にもどこか茶目っ氣のある文体など、いづれも啄木らしいと思はせるに充分なものがあり、吉田孤羊氏なども同感であった（略）」と書いている。

また、この啄木が書いたとされる文章の中には野村の名が三度記されており、野村長一がこの会のリーダー格であったことが裏付けられた。

岩手日報には数多くの啄木関連広告記事が掲載されている。その中で『文庫』誌友会開催広告は最初のものである。今回の著者による調査で様々な事が明らかになった。

啄木は「八日（?）に（略）三日許り載せて貰つた」と日記に書いているが、広告掲載の初日は一月九日である。その最初の『文庫』誌友会広告は実に奇妙である。

この時期の岩手日報広告欄は、四面全体とほかに一面下が主に使われていた。一面は六段あり、最下段の六段目に広告が掲載されることが多かった。一面の記事が五段を超えるときは、記事が六段目まではみだしその分広告が削られた。しかし、一月九日の「文庫誌友会」広告は、四面でも一面でもない三面左側の欄外を使って掲載された。紙面の半分、三段におよぶ細長の二行の広告になった。

◉廣告◉『文庫』誌友会

会場　市内多賀水月亭内　　但し會券（二十銭）ハ便益堂
日時　来る十一日午後一時　　に付て求められたし

発起人

二日目の広告は、まったく同じ文面で翌一〇日一面下の五段目に七行で掲載された。ここは広告欄ではない。本来は記事が掲載されるべき欄である五段目の最後が空いたので、「うめ草」と

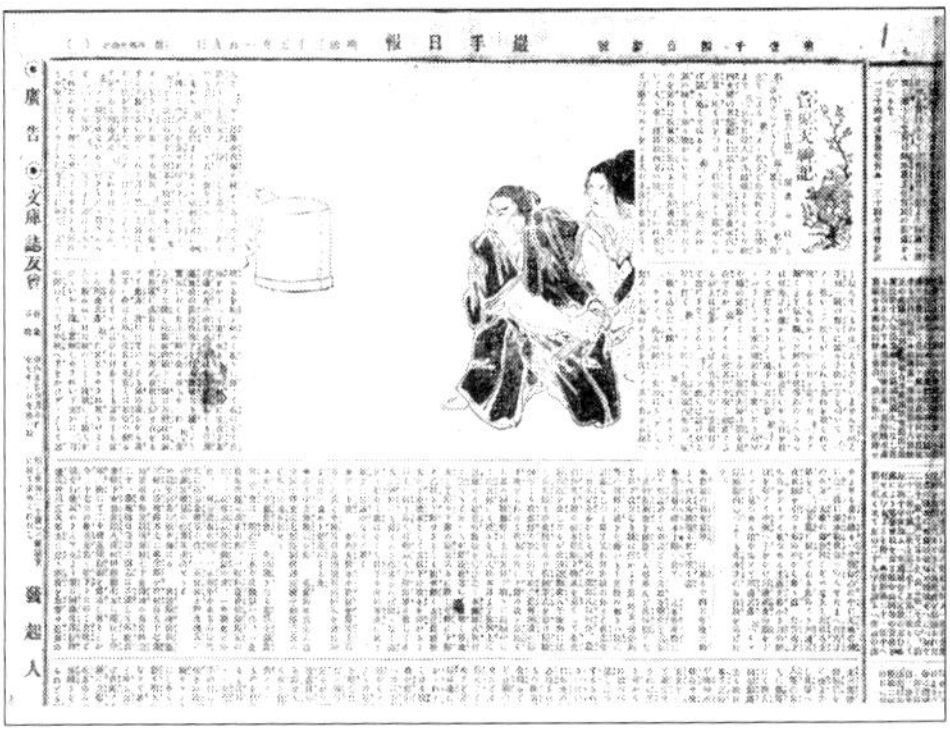

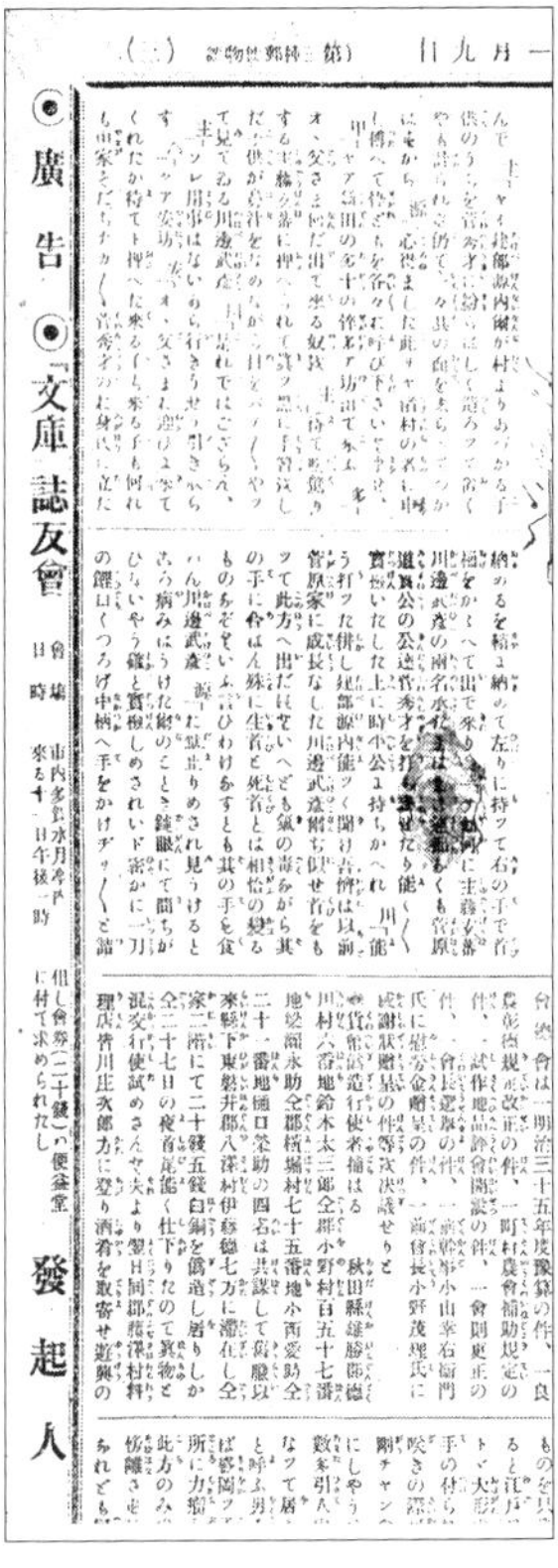

明治三五年一月九日付「岩手日報」に掲載された『文庫』誌友会の欄外広告。上の広い紙面から、極めて異例の、珍しい広告であったことが読み取れる。

してはめ込まれたことがわかる。啄木は、相当切羽詰まった状態で『文庫』誌友会広告の掲載を頼みに行ったものと想像される。

小笠原謙吉に宛てた次のような書簡が残されている。

拝啓明十一日午後一時より市内多賀水月亭に於て盛岡「文庫」誌友会相開度在居候に付大兄にも何卒御賛成御臨席の程願上候　発起人　（略）　今後の御交際御願申上候

十日朝　　　石川一

小笠原若菜様

盛岡中学関係者だけではどうしても人数が足りないので、高等小学校時代の縁を頼りに文芸活動をしている小笠原に宛て、開催日前日の一〇日朝になってから認めた書簡である。啄木は、藁にも縋る思いだったのに違いない。

意を決した啄木は、「草わかば」を評す原稿を半分以上書き終えた段階で、岩手日報社を訪問し原稿が完成間近であることを伝え、同時に『文庫』誌友会の参加者が思うように集まらない、会費が集まらないなどの窮状を訴え、一緒に広告掲載の依頼をしたのであろう。

最後の広告は誌友会が開催される当日、一月一一日の新聞に掲載された。この場所は一面下の六段目であるが、他の広告も載っている広告欄である。三日目の広告だけは急遽はめ込まれたものではないと考えることができる。この広告記事の二段上に「◉『草わかば』を評す」の前編が麦羊子の署名で掲載されている。実際に『文庫』誌友会が開催された日は一一日であり、日記に記された八日と幾分開きがある。一二日に掲載された「『草わかば』を評す」後編の最後に（一一月九日夜稿）と記されていることから、原稿が完成したのは九日夜になっていたことがわかる。本稿の冒頭で引用した明治四一年九月一六日の日記の記述「八日」の後に、啄木はわざわざカッコつきで?を入れていることから、八日は「『草わかば』を評す」原稿掲載を依頼しに行き、同時に『文庫』誌友会開催広告記事掲載を頼み込んだ日であると推定できる。その相手が福士神川であった。

これらのことから、啄木の性急な要望を福士神川は全面的に受け入れたことがわかる。開催日まで僅か数日しかない『文庫』誌友会の広告は急を要するが、九日の紙面はすでにふさがっており、入れるスペースがなかったので、欄外にはめ込んでくれたのだと解釈される。その結果、細長の極めて珍しい広告記事が生まれたのではないか。『文庫』誌友会広告記事の掲載は「『草わかば』を評す」の原稿執筆に対するご褒美の意味もあったかもしれない。この時、啄木は盛岡中学在学中の四年生で、前年一二月から岩手日報に白羊会詠草の和歌が掲載されて間もない頃であった。啄木は福士神川によほど気に入られ信頼を得ていたに違いない。「『草わかば』を評す」は、啄木の散文が初めて岩手日報紙上で活字になった記念すべき作品である。啄木としても忘れがたく、長く記憶に残ったものと思われる。

『文庫』誌友会が開催されたことは一月一四日付けの岩手日報三面に報じられている。

（略）上田寅次郎氏の壮美論野村長一氏の現今文学に対する社会の要求及び佐々木古木諸氏の演説あり中にも上田氏の説最も聞くべかりき夜に入りて福引その他の余興あり人々歓をつくして散会したるは既に十時頃なりしと

『文庫』誌友会開催広告記事の発見により、日記に記されていることが事実であることが確認され、齊藤三郎が引用した「盛岡文庫誌友会」の匿名の著者は石川一であるという説が補強された。さらに、岩手日報に啄木作品が掲載され始めた当時の主筆福士神川と啄木との関係が明確になり、『文庫』誌友会広告が無料であった理由についても解明できた。

『あこがれ』広告

二度目は、『あこがれ』発行のために上京していた時期の明治三八年一月一日の年賀広告である。砂土原町の下宿屋の住所になっているが、生活費にも事欠くその日暮らしの啄木が広告料を工面できたとは考えられない。最初の広告と同様「無代」であった可能性が高い。

三度目は『あこがれ』出版後五月二〇～二三日にかけて三日間にわたり岩手日報四面（広告欄）に掲載された広告記事である。この時、啄木は東京を離れ盛岡に向かう途中で仙台に立ち寄っていた。この広告記事は啄木の依頼で掲載されたものか、出版社あるいは販売元の小田嶋書店の依頼によるものなのかはっきりしない。そもそも、この広告記事の存在自体があまり知られていなかった。啄木は五月下旬には仙台を離れて盛岡へ向かったが、所在不明になり新婚の家に姿を現したのは六月四日の事であった。この間の謎の行動を考察するためにも極めて重要な情報であるにもかかわらず、これまで誰も指摘するものがいなかったのはなぜなのだろうか。不思議でならない。

仙台で旅館に泊まり友人たちと交友を深め、土井晩翠宅を訪ねてもてなしを受け、さらに晩翠夫人に偽の手紙を送り金を借りたほかに宿代まで払わせた話はあまりにも有名である。その後の空白期間の謎の行動も金策に歩いていたとする考え方が一般的である。この広告の依頼は、啄木が仙台に出発する前の段階でなされているはずだ。盛岡に向かう金にも困り友人から工面しても

明治38年、『あこがれ』出版後5月20～23日にかけて3日間にわたり岩手日報4面（広告欄）に掲載された広告記事

らったくらいである。二段に及ぶ大きな広告の料金を支払える状態にあったとは考えられない。出版元か販売店が岩手日報に依頼した可能性が高い。この広告文で注目すべきことは、著者名が「石川啄木君」と「君」がついていることである。本人が広告掲載を依頼するとしたら、自分の名前に「君」を付けるだろうか。

これからわずか三か月後に岩手日報を賑わすことになる『小天地』の広告文と比較すると大きな違いが認められる。『小天地』広告は発行所が「小天地社」で、原稿・広告応募先は「石川啄木宛」となっており、こちらは啄木自身が広告文の原案を作成したと考えられる。『小天地』の大小二つの広告文に比較すると『あこがれ』の広告は、二度にわたる「見よ」に続く飾辞が大げさで仰々しく、同一人物が依頼した広告とは考えにくい。さらに、『小天地』の広告については、後年、啄木本人が「無料で出して貰つた」と追懐しているので、『あこがれ』の広告料は有料であった可能性が濃厚である。

『あこがれ』の広告は三段に及ぶ大きなもので、『小天地』の巨大広告に次ぐ大きさである。それが三日間掲載されたというのに、啄木自身がこの広告にまったく触れていないのも不思議である。

四度目は、六月九日から始まった「閑天地」休載の広告である。七月一日と二日連続で「閑天地　記者病気に附き本日休載」という記事が一面の下に掲載された。広告欄の記事ではないので当然料金は請求されなかったと思われるのだが、一日の広告に便乗して啄木は六行におよぶ転居広告を載せてもらっている。

今般左記へ転居致候、近来暑気相加はりさらでも汗の瀧なす時、まじめになつて同じ文句の転居知らせ幾枚も〳〵書く馬鹿さ加減には堪えず、乃ち広告致候也

盛岡市加賀野磧町四番戸

六月下旬　　　　啄木

『小天地』広告

五度目が『小天地』の広告記事である。岩手日報が作成した『啄木と岩手日報』（一九九〇）の「『岩手日報』掲載啄木作品と関連記事」一覧によれば、『小天地』広告は明治三八年八月一八日から九月九日まで一一回になっているが、著者の調査によって八月一七日にも広告記事があることが確認された。したがって、正しくは『小天地』の広告記事は一二回掲載されたということができる。ただし、現在著者らが閲覧可能なマイクロフィルムの岩手日報は、八月二九、三〇日の部分は欠損しており、見ることができない。一二回のうち最後の一回のみが九月九日付三面下一行の「◉小天地初号本日発行◉」という大きな活字を用いた広告である。『小天地』が実際に発行されたのは九月五日であった。残りの一一回は、すべて四面の広告欄に掲載されたものである。四面広告は二種類あり、八月一七日から二六日までの六回は一段ではあるが、幅が紙面の三分の一を占める大きなものであった。この広告は『小天地』への原稿募集と広告募集を兼ねており、九月一日第一号発行となっている。八月二七日以降の広告は巨大である。幅は四面の三分の一を超え、

縦は三段抜きで『小天地』第一号の要目、すなわち掲載作品名と作者全員が紹介されている。これらの事から、『小天地』の原稿がすべて集まり編集作業が始まったのは、八月二六日以降であったと考えることができる。当時のことを回想した明治四一年九月一六日の日記の中で啄木は次のように記している。

九月に出した小天地の広告は、三週間も前から毎日三段抜の大きいのを無料で出して貰つた。

この日記には若干の記憶違い、あるいは誇張があり、前半の八月一七日から二六日までが一段の広告で、三段抜きの巨大広告が掲載されたのは、毎回ではなく八月二七日から九月一日までの一一回のうち後半の五日間であった。それにしてもこの広告の掲載料は一体どれくらいに相当するのであろうか。これ等の新聞広告がすべて無料であったというのだが、現代ではとても信じられないような話である。

明治三九年一月一日の岩手日報の新刊号は、一ページをまるまる啄木に与え「古酒新酒」を掲載したほかに、節子にまで「白命遺稿をよみて」を書かせ、『小天地』の仲間である大信田落花の小説「龍譫花」、小笠原迷宮の詩「厨川柵詩」を載せた。啄木が岩手日報から原稿料をもらったのはこの時が初めてだった。新刊号の其五に「恭賀新年　石川啄木」という年賀広告が掲載されている。これが六度目の広告記事であるが、このページは全面啄木に与えられていることを考慮すれば広告の掲載料も請求されることはなかったに違いない。

明治四〇年以降は三年間広告記事が途絶えるが、四三年から四五年までの三年間は、啄木ではなく石川一と本名で年賀広告が掲載された。七度目から九度目の広告である。この三回の広告記事は盛岡の名士、岩手日報の関係者・佐藤真一など盛岡出身の著名人と並んでおり、それらの人物もみな本名に統一されているところから、啄木本人が掲載依頼をしたものではないものと考えられる。明治四三年以降の啄木一家の暮らし向きを考えれば、年賀広告を掲載する費用を捻出できるような経済状況にあったとは思われないからである。

最後の広告が明治四五年四月一六日掲載の死亡広告記事である。これは四面の広告欄ではなく三面に掲載されていることと、記事の大きさが当時社員であった東京朝日新聞掲載の死亡広告の大きさに匹敵することをどのように解釈するべきであろうか。啄木は岩手日報には一度も社員として勤務したことはなかったにもかかわらず、

これまで知られていなかった明治38年8月17日の『小天地』広告。従来『小天地』広告は明治38年8月18日から9月9日まで11回とされていたが、実際には都合12回掲載されていたことになる。

明治四三年以降の年賀広告あたりからは、社員と同等の扱いを受けていたと考えることができる。

表に挙げた岩手日報掲載の啄木関連広告のうち、啄木が広告費用を支払ったものは果たして幾つあるのだろうか。『あこがれ』の広告以外はすべて無料であった可能性も否定できない。岩手日報が啄木を特別な人間として扱っていたことを如実に示すことがらとして注目すべきである。また、明治三八年五月から半年間に啄木関連広告記事が集中していることに驚かされる。啄木と岩手日報の関係が最も親密であった時期と捉えることができる。

四　盛岡市内のほかの新聞社

岩手公論

岩手公論が創刊されたのは明治三九年一一月のことである。創業者は明治三〇年三月から翌年一一月まで岩手日報社長を務めた上村売剣（才六）である。一〇月二〇日から二四日までの五日間で三回、岩手日報四面に紙面の四割を使った巨大な広告が掲載された。「◉読め岩手公論の宣聲」という見出しで萬朝報と提携していることや「寄稿と投書を尊重すること」を強調している。一二月二〇日付の啄木日記に「『岩手公論』の需に応じて、『鎖門一日』三百行許り書いて送つた」とある。さらに、二九日には「岩手公論社より名刺百枚と稿料送り来る。」とあり、年が明けた明治四〇年一月一日付日記の最後に「この日初刊の岩手公論紙上に『林中の人』といふ匿名を用ゐたる我が『鎖門一日』を載せたり」とあるので、年末に依頼された原稿は岩手公論の新年の特別号用の原稿であったことがわかる。しかし、新聞は創刊から八四七号まで散逸しているため我々はこれを見ることができない。現在見ることができる岩手公論は、明治四二年二月からのものである。四五年までの岩手公論記事の調査を行ったが、啄木関連記事は明治四五年の死亡記事以外にほとんど見当たらなかった。

岩手毎日新聞

岩手毎日新聞は、明治三二年に当時岩手県議会議員であった高橋嘉太郎が創刊した。後に原敬の支援を受けた政治色の強い新聞で、辛辣な記事が多くしばしば筆禍事件を起こしたが、岩手日報の最も強力な競合紙であった。現在マイクロフィルムで見ることができる岩手毎日新聞は明治三二年二月からのものである。岩手日報のライバルとして政論に重きを置くことを伝統精神に、権勢に迎合せず時勢を論じ発行部数を伸ばしたとされる。小説、和歌、俳句などの文芸欄はかなり充実しているが、啄木関連記事はほとんど認められない。啄木生前は、『一握の砂』出版直後僅かに岡山儀七と小林茂雄の問答が掲載された程度である。そのほかは投書記事に啄木の名がでてくるだけで、ほとんどがからかい半分のものであり、作品やまともな消息記事は皆無に近い。それでもいくつかの啄木記事があるのは、社内に岡山儀七がいたからである。

岩手毎日新聞の中の数少ない啄木消息記事に「『あくがれ』の著者、『小天地』の主筆たりし石川啄木、（略）一朝風雲に乗して北海タイムスの主筆と化してより、今年は居所も知らしめぬ。嘸《さぞ》や風流な雪見をしていることだらう。」（明治四一年一月二四日一面上　碩鼠生）がある。

小樽日報を退社して釧路新聞に勤務するために釧路に着いたばかりの啄木を、岩手毎日新聞はこのように書いているのである。文面から、碩鼠生は明治四〇年に啄木から年賀状を受け取った七五名のうちの誰かであることは判るが、一体誰なのか、今のところ断定しがたい。間違った情報に基づいた敵対感情が見て取れる記事である。この記事を見た新渡戸仙岳が不愉快に思った可能性が高いことは第七章で取り上げることにする。

啄木関連記事の内容について、同じ盛岡の地方新聞でありながら、岩手日報とこの二社との違いはどこから来るのであろうか。岩手日報には福士神川、清岡等、新渡戸仙岳がいたからである。この三人の人脈が啄木と岩手日報の輝かしい歴史を作ったといえる。

五　啄木消息記事　釧路新聞との比較

啄木と岩手日報との関係で特徴的な事は、約一〇年間にわたり最も長く、また最も数多くの作品を掲載し続けたこと、啄木が挫折した時に執筆の機会を与え励まし再起を促したこと、年賀・転居広告を始めとする広告記事を多数、ほとんど掲載料なしで載せていたことなどを説明してきた。しかし、岩手日報と啄木との関係はこれだけにとどまらない。もう一つ大きな特徴がある。それは作品以外に多数の啄木消息記事を掲載したことである。岩手日報の啄木消息記事は数が多いだけではなく、内容的にも他の新聞社とは大きな違いが認められる。本書では、第三章以下で岩手日報に掲載された啄木消息記事を取り上げ詳細に論じることになるが、その前に他の新聞社のものに比べてどれほどの違いがあるかを知っておく必要があるだろう。以下に釧路新聞掲載の啄木消息記事を紹介する。

家族を小樽に残し、啄木が釧路駅に降り立ったのは明治四一年一月二一日のことであった。釧路で過ごした七六日間は啄木の人生の中で最も華やかな時代であった。日中は釧路新聞で文筆を振るい、夜は料亭通い、演劇会やカルタ会へも出かけた。

啄木と親しく交わった釧路芸者は三人いた。もっとも名前が知られているのは小奴である。著者は、小奴以外の二人の芸者もまた啄木と親密な関係にあったと考え、三人のうちで最も若かった市子に焦点を当て深く追求した結果、多くの新資料を発見することができ、それをもとに『啄木と釧路の芸妓たち』（一九八五）を書いた。

啄木が釧路で最初に気に入った芸者は小静であった。

小静の名前が啄木日記に登場するのは二月七日のことである。「芸者小静よく笑ひ、よく弾き、よく歌ふ」と書いた後、翌日の八日の宮崎郁雨あての手紙にも「チヨイト名の売れている小静（略）年齢二十四、本名尾張ミエ（略）小静はよく弾きよく歌つた、客もまたよく飲み歌つた、僕はよく笑ひよく酔ふた、小静は僕に惚れたといふ」と書き、小静を気に入った様子がうかがえる。啄木と小静が二度目に顔を合わせるのは二月九日の事である。この日は日曜日で新聞社は休みだが、釧路の新聞記者の月次集会があり啄木は初めて出席した。散会後、三、四人で宝来座という劇場へ田舎廻りの芝居を見物に出かけ小静に出くわした。

この時、小静は実に大胆な行動をとった。日記には「芸者小静が客と一緒に来て反対側の桟敷にいたが、客を帰して僕らの方へ来た」と記されている。翌一〇日には慈善演劇会を見に行きその時の様子を、「記者席の向うの桟敷には、鹿島やの市子や㋙の初子が来て居て、其処へ行く男の方が芝居其物より多くの人の注意を牽いて居た」と書いている。

情報網の発達した現代では、居ながらにして世界中の政治家や芸能人の消息を知ることができる。テレビもラジオもない時代はどうだったのだろうか。明治時代の新聞の三面には芸娼妓の消息記事や品定め記事が掲載されていた。特定の愛人ができたといって騒がれ、妊娠したりすればもっと大げさに書きたてられた。テレビ・ラジオが普及するはるか前から日本全国のどの地方都市にも芸者がおり、彼女たちはその地に咲いたスター的存在であった。それぞれの地域に固有のタレントが息づいていたのである。釧路の場合も例外ではない。明治四一年一月に出版された五十幡熊五郎による『釧路の粋界』の中には、小静をはじめ小奴、市子など当時釧路にいた芸者は全員紹介されている。また、当時の芸者は、普段料亭に顔を見せない女性や子供の前でも年に何回かは歌や踊りを披露していた。芸者による慈善演芸会や、日頃鍛錬を積んでいる稽古事の発表会である温習会の予告記事や批評記事が新聞の三面に頻繁に掲載されている。したがって、当時の芸者は普段料亭に出入りしない人たちにまで知られている地方の有名人であったと考えられる。なかでも、小静、市子は当時の釧路を代表する売れっ子芸者であった。

市子と初子のいる桟敷へ男が行くのでさえ多くの人の目を引くのである。小静の場合は、華やかに着飾った芸者が今まで一緒にいた男と別れて他の男の方へ移動したのである。特別に目だったに違いない。

小静と芝居を見た翌日、啄木が出社すると既に二人の噂は社内に広まっていた。「目が覚めたのが十一時。驚いて飛び起きて、朝飯もソコソコに済まし、社に行くと不取敢昨夜の話が出た。お安くないと云ふ、否高くもないと云ふ」とだけ日記に書いている。小静と芝居を見た後、啄木は実業新報の古川という男と連れ立って三人で月次集会が行われた蕎麦屋に戻りそばを食べて帰り、一二時半に寝たことになっている。しかし私はこの部分について疑問を抱き『啄木と釧路の芸妓たち』の中で次のように書いた。


ところで、啄木の起床時刻だが、昨晩十二時半に枕について、翌日目覚めたのが十一時というのは、ちょっと遅すぎないだろうか。『日記』をそのまま読めば、まったく気づかずに十一時まで寝ていたことになる。前夜飲んだ酒は三人でわずか銚子二本である。二日酔いとも考え難い。十時間半も寝ていたにしては目覚めが悪すぎる。実際にはもっと遅く帰ったかなにかで睡眠時間は少ないのではないかという気がしてならない。

啄木と小静の関係で疑問の点はほかにもあり、二月一〇日の日記に出てくる小静が啄木に語ったと思われる自分の身の上話をいつ、どこで、どのような状況で聞いたのかが明確でなかった。このような疑問から出発して、啄木が釧路を去った後の明治四一年四月一五日と二〇日の二つの釧路新聞記事を手掛かりにして「啄木と小静」(『盛岡大学短期大学部紀要』第19号　一九九六)という論考をまとめた。これらの疑問は、二月九日夜、啄木と小静はそばを食べた後、一夜を共にしたと考えることにより合理的に説明ができるのである。啄木はそのことを日記に記さなかったが、釧路新聞社員はそのことに薄々気づいていた可能性が高い。しかしこの時期は、啄木が釧路新聞に入社して半月余りしかたっておらず欠勤もしていないので、同僚や上司から冷やかされた程度で済んでいる。

啄木が最初に市子を見たのは二月二日だが、近くで会って興味を抱いたのは二月一〇日の事である。前出の釧路座における慈善演劇会で記者席の向うの桟敷にいた市子が気になったと見え、翌二月一一日に鹿島屋に出向いた。「今日は紀元節だからと、連れ立つて鹿島屋に行つたのは三時頃。平常着の儘の歌妓市子は、釧路でも名の売れた愛嬌者で、年は花の蕾の十七だといふ」と日記に書いた。二月一三日にも鹿島屋へ行き、市子から『釧路の粋界』をもらい市子の署名と贈る言葉を書いてもらい下宿へ持ち帰った。翌日この本をそのまま新聞社へ持って行ったことから社内の人間に二人の関係がわかってしまい、再度からかわれている。一四日の日記には「市ちゃんの〝粋界〟事件が暴露し、小静が問題になり」と書いている。二月一五日、手紙が三本来た。

啄木の父一禎、節子の父堀合忠操、そして東京の植木貞子からであった。これは二月一日に啄木が釧路へ来てからの消息を伝えてやったことに対する返信である。ほぼ同じ時期に金田一京助にあてた手紙の最後に「お情けを以つて梅の花一つ御送被下度候」と書いているので、彼女にも似たようなことを書いた可能性が高い。植木貞子からの手紙の中には白梅の花が封じ込められていた。啄木はこの花を釧路座で催された薩摩琵琶会に持って行き市子に手渡した。「植木の千ちやんから来た白梅の花を、どこやら面影の似通つて居る鹿島屋の市ちやんにやつた」と一五日の日記に書いた。釧路ではこれから三か月以上も先でなければ見られない梅の花を、市子は若い男性からもらったのである。しかも、多くの人が集まっている薩摩琵琶会の会場でのことである。市子は狂喜したに違いない。一枚の白梅であったが、市子には強烈な印象を与えた事だろう。次に啄木と市子が顔を合わせるのは二月二〇日の事である。この日は啄木と市子の関係を考察するうえで極めて重要な日である。

　夜、また林君が来た。操業視察隊一行の出迎は失敬して、一緒に鹿島屋に飲む。市ちやんは相不変の愛嬌者（略）十一時出たが、余勢を駆つて、鶤寅へ進撃、ぽんたの顔を一寸見て一時半帰る。室に入つて見ると、誰かしら寝て居る者がある。見るとそれは沢田天峯君であつた。（略）話はそれこれと尽きぬ。（略）……午前三時半枕に就く。

この夜、小樽日報の特派員として操業視察隊に同行して沢田信太郎が来ることを知りながら飲みに出た啄木は、午前一時半に下宿に戻ったと日記に書いているが、啄木死後二六年後に沢田が書いた「啄木散華」に記されている内容と驚くほど違っている。この夜啄木は下宿に戻らなかったと書いているのである。

私は主人の居ない啄木の居室で、終に一夜を明かして了った。（略）啄木の帰って来たのは朝八時頃でもあったらうか、階下で主婦と大声で話合ってるのが聞こえた、そして高笑ひをしながら階段を登って来た、室に入ると真面目くさって私の枕頭に坐り、済みませんと一つ頭を掻いた。（略）「女の子は罪ですナー……折角の歓迎を犠牲にさせて、私を一緒に遊ばせて了ひましたよ……」と云ふ御挨拶だ。（略）彼は曰ふ。「実は昨晩、まだ時間が少しあると思ってチョッと……ホンの一寸、鹿島屋の寄《ママ》って見たんですよ……さうすると不可ませんね、市ちゃんと二三子と二人で私の提灯を捉まへて離さないんです、どうもハヤ飛んだ失礼しました」

（沢田信太郎「啄木散華」昭和一三年『中央公論』六月号）

これまで二月二〇日の「啄木日記」と「啄木散華」の違いについて取り上げて論じている研究者はなく、澤地久枝一人だけが『石川節子　愛の永遠を信じたく候』（一九八一）の中で「どちらが正確であるかは不明だが」と書いている。「啄木日記」と「啄木散華」の内容を詳細に比較検討した結果、啄木と市子はこれまで知られていたよりもはるかに親密な関係にあり、日記の「(下宿に) 一時半帰る」は嘘で「啄木散華」の「啄木が帰って来たのは朝八時頃でもあったろうか」が正しいという結論に達した。しかしながら、そのことを立証する手掛かりは何一つない。

そこで私は仮説を立てた。小奴は啄木が釧路を去った後、随分いじめられたと言っている。もしも啄木と市子が一夜を共にするような深い関係にあったとしたら、小奴と同じように啄木が釧路を離れた後、市子もまた釧路新聞のやり玉に挙がっているのではないか。そのような記事が見つかれば仮説が正しいことを証明することになるのではないかと考えたのである。実際に釧路市立図書館を訪ね釧路新聞を調査した結果、市子を誹謗中傷する数多くの資料を発見することができた。

啄木ゆかりの釧路の芸者としてもっとも有名な小奴と啄木が初めて対面するのは、市子と啄木が急接近した二月二〇日の翌日二一日の事である。冬期鉄道操業視察隊一行の公民合同の歓迎会が㋙喜望楼であり、啄木日記には「市ちゃんと鶤寅の小奴は仲々の大モテで」とある。この日を境に啄木の関心は市子を離れ小奴へと向かっていく。市子との関係は操業視察隊一行が釧路を訪れた時期がピークだが、この時期は主筆の日景が視察隊一行に同行しており、社内も手薄だったり歓迎行事があったりして、周囲の人間にはあまり知られることがなかった。

これに対し、小奴との関係には同僚の佐藤衣川が一役買っており、操業視察隊一行の歓迎会の翌朝、小奴は啄木が出社する前に佐藤衣川を訪ねて啄木を連れてきてくれと頼んだという。日記には、「小奴が佐藤君を今朝訪ねて、何か僕の事を云つたとかで、少し油をとられて大笑ひ」と書いている。

当時の釧路新聞には、「はがき集」という欄があった。現在でいえば読者による投書欄である。ここに多くの芸妓の噂やゴシップが掲載されており、釧路の町や人々の有様が実に生き生きと表現されている。「はがき集」は、明治三八年から同四一年まで続いているが、良く読むと読者からの投書記事とは考えられないものがかなり混入していることがわかる。三面に書けなかった記事を、釧路新聞社内の人間が読者に成りすまして投書のかたちで書いたと判断される。明治四一年二月二五日の「はがき集」に小奴の名前がある。

▲小奴の岡惚れしすぎるには呆れたネー　先日晩もランプ屋の弟さんの笑い顔に岡惚れしたとて翌早朝から市中を駆け摺り廻はつている（曲又印）

啄木が釧路へ来て約一〇日後に催された釧路新聞社新築落成式の披露宴の宴席で、「豆ランプ」という綽名を頂戴したことは、複数の友人たちへの手紙に記されており、小奴が岡惚れしたランプ屋の弟さんが啄木を指していることは明白である。さらに二月二八日の「はがき集」には

▲小奴さん貴女が此頃誰やらに岡惚れしたと云ふ投書がありましたが、其誰やら様が一昨

晩から喇叭節の稽古を初められたそうですが貴女一つ教へてあげたら如何です（チンチン生）

啄木が釧路へ来てわずか一か月、「豆ワンプ」などという綽名を知る人が多くいたとも考えられず、小奴が佐藤衣川を訪ねたことを知る人物といったら、釧路新聞社内の啄木の身近にいた人間に限られてくる。「曲又印」も「チンチン生」も一般の読者とは考えられない。釧路新聞社の同僚佐藤衣川が書いたものに違いない。啄木と小奴は、出会ってから一週間余りの間に急速に接近した。三月三日、鉄道操業視察を終えた日景主筆が無事に帰って来たので、鶤寅で慰労会が催された。この日の日記によれば「小奴は予のそばに座つて動かなかつた」とあり、三月一一日には小奴からの長い手紙を受け取り「先夜空しく別れた時は〝唯あやしく胸のみとどろぎ申候〟と書いてあつた。〝君のみ心の美しさ浄けさに私の思ひはいやまさり申候〟と書いてあつた。」と記すようになる。

啄木が在釧中に釧路新聞三面に掲載された艶種記事に「紅筆便り」がある。芸者の評判記といえるもので、明治四一年二月一日から三月二五日まで一五回にわたり連載されたものである。宮ノ内一平は『啄木・釧路の七十六日間』の中で第三回から第一四回分が啄木の筆によるものであることを指摘している。

啄木自身が、小奴から受け取った手紙を「紅筆便り」という艶種欄に引用し二人の仲を仄めかす記事を書いたこともあり、その後の啄木と小奴の関係は、釧路新聞社員には筒抜けであった。

三月二一日は春季皇霊祭の祝日、二二日は日曜日なので、啄木の欠勤は三月二三日から始まったことになる。つまり三月二一日からは一日も出社せず、四月五日に釧路を離れることになった。釧路新聞三面の下に編輯日誌の欄があった。この欄に連日のように啄木関連記事が掲載された。

・二日続きの休暇の疲労でか啄木子来社せず而かもソノ休みの届が午後一時過ぎなので緑子（日景主筆）の類のフクラミ恰も酸醤《ほうずき》四ツ五ツを一時に入れたるが如し（三月二四日）
・啄木子引き続き又々両三日欠勤の報あり（三月二五日）
・啄木子猶ほ起《た》たず、といふ（三月二七日）
・啄木子酒田川丸にて二夜湾内に籠《とじ》込められ七日の帰りが七日に着函との報あり（四月七日）

このような記事と並行して小奴に関する記事も掲載された。

小奴は（略）近頃は如何なる魔神にたゞられ候ものか最と薄らき来る三期三期と云はる、までに禿げ候鬢の毛益々薄く相成候は誠に惜しきことに有之候（三月二五日）

この記事は「紅筆便り」の欄に掲載されたものである。二五日の記事は前日の二四日に書かれたものであろう。もともと「紅筆便り」は啄木が書いていたものであるが、啄木が欠勤したため上杉小南か佐藤衣川が書いたと思われる。さらに、啄木の欠勤が続き三月二八日には「紅筆懸板詞」と題して次のような文章が載った。

芸妓あり小奴と言う其艶名、日として粋人の唇に上らざるはなく新紙亦た報ぜざるはなし誰れか曰ふ美人薄命と小奴一日欄に倚る燕子来たらず春風徒に冷たかなり（略）夢は冷めて唯残す薄幸の名（略）小蝶姐、妾を誡めて曰く、狎るるも失敬する勿れと。（略）妾豈に一宵情に溺れんや

この時期は啄木は出社していないので、この記事は啄木以外の誰かが書いたものと考えられる。特に最後のほうには啄木と小奴の関係が露骨に匂わされていることに着目すべきである。

三月二〇日の長い日記の一部に「既にして小奴が来た。来てすぐ自分の耳に口を寄せて、〝佐藤国司さんが心配してるのよ〟と云ふ。何をと云ふと、〝小蝶姐さんがネ、石川さんには奥様も子供さんもあるし、又、行末豪くなる人なんだから、惚れるのは構はないけれども、失敬しては可けないッて私に云つたの。〟」と記されている。漢文調の文体は日景主筆記事の特徴であり緑子自らが書いたものに違いない。小奴と小蝶の間にこのようなやり取りがあったことを釧路新聞社の者は皆知っていたことになる。この記事に関して三月二七日の啄木日記に「夕刻上杉小南、衣川を伴ふて来る（略）明朝の新聞に小奴の事を日景君が書いたと云ふ。そんなに社の者の事を書

いたりするなら、僕は何日でも釧路を去るサと云ふと、二人目を見合した。」とあるからである。日景主筆が小奴の事を書いたという知らせを、啄木は「社の者の事を書いた」と受け止め、この記事が自分に対する当てつけだと感じていることは明白である。

小静との関係は釧路新聞社内では周知の事実であったが、啄木は欠勤しておらず社内の人間との関係は良好だったので問題にされないで済んだ。そのうちに啄木の関心は市子、市子から小奴へと移っていった。市子との関係は四月二日に函館行きを決めた日の夕方の偶然のでき事がなければ、釧路新聞社内の人間にも知られずに終わった可能性が濃厚であった。

小奴との関係が頂点に達した三月二〇日以降から啄木の欠勤が始まる。小静のときと同様、小奴との場合も釧路新聞社内には啄木との関係は知れ渡っていた。しかし、梅川操との問題が絡み合って、佐藤衣川をはじめとする社内の人間との関係が大きく変化していた。このタイミングで啄木の欠勤が始まったため、小奴がやり玉に挙げられた。さしたる理由もなく欠勤を続ける啄木を攻撃する材料として小奴が使われた。何の罪もない小奴には気の毒な事であった。

釧路新聞の関係者は、市子については釧路を去る直前まで啄木との関係に気づかなかった。桟橋に見送ったのが市子であることを見て、その関係の深さをやっと知った。市子と啄木の別れの場面は四月二日に偶然やって来た。釧路を離れ函館へ行く決心をした啄木は、夕方友人二人と共に下宿を出、切符を買いに行くと船の出帆は翌日に延びたと言われる。荷物を船会社に預けて艀を待つ間三人で蕎麦屋に行くと、窓の下を市子とてるちゃんが通ったので呼ぶと入ってきた。「一緒に蕎麦を喰ふ。暮れては艀が面倒だと、四人に送られて波止場に行つたがモハヤ駄目、店が閉まつて居て荷物が出せぬ。宿に帰るも不見識と、途で横山らと別れて、行くと、上杉日景佐藤の三子に逢ふ。㊌旅館に投じて一夜を明かす事にする」と日記に書いているが、横山、高橋と別れた後、啄木は市子と二人で㊌旅館に向かって歩いている途中で、仕事を終えて帰る釧路新聞社の三人に出会ったと解釈することができる。そこで初めて三人は、小静、小奴の他にもう一人啄木と親密な関係にあった芸妓がいた事を悟ったのだ。

三人の中に日景安太郎主筆がいたからである。啄木が市子と歩いているときに出会ったのが上杉と佐藤だけであれば、日景は以下のような意味不明の記事を、狂ったように書くこともなかったと思われる。四月二日の顚末に関しては、私自身も『啄木と釧路の芸妓たち』を書いた時点で気づかなかった。啄木は市子と一緒に㊌旅館に向かって歩いていた事を巧みにカモフラージュしている。今回、岩手日報記事との比較をするために啄木日記を読み直したときに初めて見えて来たところである。

啄木が釧路を離れるために函館行きの坂田川丸に乗り込んでから一週間以上過ぎた四月一一日には、「花街柳衢《かがいりゅうく》の端書き」と題して次のような記事が三面に大きく掲載された。

都の大空は花匂ひ鳥歌で人は瓢箪《ひさご》片手に上野や向島と浮れ廻る呑気さに引替へ釧路の今日此頃は（略）唯奴の姫と市子の君が或る優しのお方の函館とやらへ旅立たれた刹那の哀の繰

言を聞かされたまでにて取止めた噂も耳には入れず

この記事はかなり長いが、内容としては取り立てて新聞種になるようなことが書かれているわけではない。一体読者に何を訴えたかったのかも判然としないような文章である。具体的な事柄と言えば二人の芸妓、すなわち、小奴と市子の名前が出て来る噂話である。この欄で筆者が言いたかったことは、「唯奴の姫と市子の君が或る優しのお方の函館とやらへ旅立たれた刹那の哀の繰り言を聞かされた」という事だったに違いない。（略）の後の奴は小奴、市子は当時釧路で一番若い売れっ子芸者、本名大和いつのことである。啄木が釧路にいる間は、彼自身が小奴との関係を吹聴するような記事を書いたり、別の釧路新聞記者が二人の仲を揶揄する記事を書いたため、周囲の目は小奴一人に注がれていた。啄木と親密な関係にあった釧路芸者は小静、市子などほかにもいたのである。なかでも市子については、釧路新聞関係者など周囲の人間が啄木との親しい関係に気づいたのは、啄木が釧路を離れる直前になってからであった。そのため、啄木が釧路を離れてしばらくの間、啄木を誹謗中傷する目的だけのために何の罪もない小奴と市子がやり玉に挙げられたのである。

この記事が掲載されてから四日後の一五日には、一見しただけでは意味不明の投書記事が掲載された。

▲鹿島屋市ちゃんが先日洲崎町の某所に立つて誰かの名を頻りに呼んで居ましたが人が聞くとみつともないから些とお気をつけなさい（実見生）（はがき集）

「はがき集」の市子記事は誰が書いたものかわからない。実際に葉書による投書があったかもしれないが、まったく来ていない可能性も考えられる。市子の噂話を聞きつけた釧路新聞社内の誰かが記事にしたかもしれない。いずれにせよ記事としての価値判断は当時の編集者が行ったのであるから、市子記事には相応の意味が込められていると考えるべきである。したがって、これは、誰だかわからない男の名前を市子が呼び叫んでいるというような漠然とした記事ではない。市子が洲崎町の某所に立って頻りに呼んだのは、石川啄木その人の名に他ならないであろう。市子は下宿の窓の下で外から呼びかけたか、あるいは、直接下宿屋に問い合わせたことがあったのかもしれない。啄木は新聞社、下宿屋には、また釧路に戻ると言っており、四月二日に市子と別れるとき同様に伝えていたものと思われる。名前を隠してはいるが、これもまた、市子と相手の男を激しく攻撃している記事に他ならない。

前頁の三面の長い記事では二人の芸者を引き合いに出しているが、一六日には市子が単独でつるし上げられることになる。

紅筆懸板詞　（略）鹿島屋市子妓、其の称して父と曰ふは然らず、別に実父のあるありて市

妓これを知らず、之れ真個私生の児（略）

別に実父があろうとなかろうと、それは市子の責任ではない。市子が私生児であることを暴露しながら啄木に思いを寄せたことをなじっているのである。四月一一日、一六日どちらの記事も直接に啄木の名前を出さないが、関わりのあった二人の芸者を激しく攻撃することにより啄木を非難している記事として注目しておく必要がある。啄木が釧路を去った後、新聞でたたかれ市子と二人で戦ったという小奴の言葉が残されているが、同様の小奴関連記事はほかにも認められる。以下の章で取り上げる岩手日報に掲載された啄木消息記事と比較するうえで重要だと思われるので、ここで釧路新聞掲載の啄木消息記事を紹介した。

釧路を去ってから二年後の明治四三年三月、啄木は東京朝日新聞に校正係として入社した。啄木はここでもよく欠勤した。よくもまあこんなことが許されたものだと朝日新聞の寛大さには驚くばかりである。しかし、朝日新聞は欠勤を続けている社員の悪口を書いていない。最晩年の一年以上はまったく出社していないにもかかわらず啄木に給料を払い続けた。東京朝日に比べれば釧路新聞は発行部数も社員もはるかに少ない。地方の弱小新聞社の欠勤社員に対する扱いは概してこんなものなのかも知れない。

第二章　啄木と工藤常象、大助親子

はじめに

工藤常象は、天保一〇年一月七日工藤常房・ツヤの四男として盛岡に生まれた。常象の妹が啄木の母となるカツである。啄木とは四八歳年の離れた伯父である。常房の二男直季は出家して後の葛原対月となる。常象は明治に入ってから、捕吏となり刑事になる。明治五年には、岩手県補亡とともに督務巡査となったあと、巡査教習場の教師を兼任し、ある時は土木係にもなった。常象は「工藤家由来系譜」に、明治五年から二六年に辞職するまでの約二〇年間で「罪因を探偵捕縛せる者、数、弐百名余に及ぶ」と書いている。その中で「何れも身命を賭し職務に従事したれ共大に快哉たる」三つの事件を挙げている。最も若い時期のものが、明治八年に起こった九戸・下閉伊各郡内で発生した百姓一揆の際に、単独で姿を変じ群衆に紛れこみ探索の上、一揆の首謀者二名を捕縛し騒擾を平定したことにより、時の県令島惟精に激賞されたことである。しかし、その当時常象を最も有名にしたのは、明治一三年に軍法を犯し二千円という大金を窃取して仙台鎮台から逃亡した陸軍歩兵曹長を、北海道まで追跡し捕縛した事件であった。

明治期の新聞に取り上げられたいくつかの新聞記事をもとに、工藤常象の生涯をたどり啄木との関係を考察する。これに続いて常象三男である大助を取り上げ、啄木との関係を論じた後、借金メモの「工藤」と常象、大助親子の関連について触れることにする。

一　常象のお手柄

(一)　陸軍歩兵曹長捕縛

明治一四年一月二六日の日進新聞六六五号二面下に「本県一等巡査工藤常象氏釧路国イルラン山中にて手塚幸定を捕縛したる顛末」について最初の記事が載り、この連載は二月一日まで五回続いた。この記事は非常に長いので現代文に改めて要約すると以下のようになる。

岩手県一等巡査工藤常象が釧路国イルラン山中において手塚幸定を捕縛した顛末を、北海道から帰県したある書生から聞き、函館新聞に掲載されたものとあわせて掲載する。

北海道根室と釧路の境にある釧路国厚岸郡昆布萌村字千代星の海岸は、北海道諸国でも有名な大険阻の所である。昆布萌村から根室に向かい左は絶壁の山で、その山の麓に往還の道路がある。道幅わずか一メートル弱にすぎず、右側はすぐ荒海で常に激しい波が道を越えて足を打つので、人馬は波が引くのを待ってからでなければ進むことが出来ないような難所である。

明治一三年一二月一九日、北風烈しく霙降る大時化で巨大な波が激しく押し寄せる中を、三人の警吏が一人の罪人を捕縛して千代星の難所に差しかかった時、罪人は突然身を翻し就縛されたまま自ら激浪に投じて海中に没してしまった。

この罪人は本名手塚幸定で、仙台鎮台の曹長として奉職していたが、軍律を犯し明治一二年八月に鎮台を脱走して行方不明になっていた。捜索の結果、この年の春から工藤貞作という偽名で、釧路国厚岸郡濱中村字ビバセの堀内市太郎方に潜伏していることがわかり、岩手県警察署が一等巡査工藤常象に探索を命じ派出した。

工藤常象は、商人に変装し北海道にわたりビバセの堀内方へ出向いた。同一三年一二月一六日のことである。生憎、工藤貞作は厚岸に行っており留守であったが、翌日、根室警察署探偵係金子初蔵と共にイルランにある一軒茶屋で待ち構えていると、厚岸の方向から大柄の男が黒羅紗の外套に黒縮緬の帽子をかぶり襟巻を首に巻いて馬に乗ってきた。厚岸、根室近辺の山中には見られないような立派な男で、かねてから聞き及んでいた特徴が犯人と良く似ていた。常象は馬に近づき「工藤様」ではありませんかと偽名で問かけた。「なるほど工藤なり」と返答があったので、馬から降りてもらい「私は岩手県宮古より商用で来たが、宮古の鍬ケ崎のお志字という女から工藤貞行様に会い伝言してもらいたいと頼まれたことがある。」と切り出した。鍬ケ崎に潜伏中、貞行はお志宇と恋仲になっていた。

男は常象を本物の宮古商人と信じ、お志宇の様子などを訪ねて来たので、常象と初蔵はこの男が手塚幸定であると確信した。そのとたん、男は馬に乗り「お先にご免」と言い捨て突然、浜中に向かって駆け出した。常象、初蔵の二人は大いに驚きこの場を逃しては一大事とばかり息せき切って追いかけ、遂にイルランから数百メートル先の山中でようやく男に追いついた。常象は男に声をかけ「もう少し話したいことがあるので、迷惑かもしれないが馬から降りていただけないか」と言いながら初蔵と二人で馬の前後に立ちはだかった。男は止むを得ず馬から降りて道端の岩に腰を下ろした。この時を逃さず、常象は自分の職名を名乗り捕縛することを告げ、初蔵と左右から挟み撃ちにして逮捕した。

男を護送して日が暮れるころ浜中のビバセにたどり着き、その夜は捕縛したまま浜中駅に宿泊した。この夜、男は「工藤貞行は偽名であり実は青森県士族手塚幸定である」ことを白状し、「仙台鎮台で罪を犯し本年四月ごろから北海道の果て人跡希なビバセなら追手も来ないだろうと安心しきっていた。花柳の楽しみに溺れ遂に罪科を犯し刑網に触れることになったのは甚だ遺憾だ。」と前非を悔いて啼泣した。

翌一二月一九日には厚岸郡落石駅を出て根室に向かったが名高い千代星の難所に差しかかった時、前述したように北風雪を捲いて海は大荒れに荒れていた。

手塚幸定はきつく縛られて護送されてきたが、護送人の隙を見て突然身を躍らせて激流の中に飛び込んだ。

手塚幸定の前後に付き添っていた常象、初蔵ではあるが、思いもよらぬ事態発生に驚き、大切な罪人を失ってはならじともがいたが、引き揚げようもなく、ただ入水した幸定の行方を見ていると、幸定の体は激浪に巻き込まれた後間もなく、海上五～六〇メートル沖の浪間に頭だけが浮かび上がった。大声で「拙者もこれきり諸君に暇乞い」と叫び終わると、激浪が再び幸定を襲い、大波に飲み込まれてしまった。常象と初蔵は、直ちに村吏を呼び集め人足と船を手配したが、大しけのため船をこぎだすことができなかった。止むを得ず根室警察署に届け出て巡査一名を派遣してもらい、常象、初蔵と手分けして付近の住民に「捕縛されたままの死体が打ちあがった際には直ちに届け出よ」と触れ回った。

翌二〇日、幸定が入水した地点から四キロ離れた南の海岸に、繋がれたままの男の死体が打ち上げられたという報告があり、根室署の警部、郡役所書記、病院の医師に常象が立ち合い、手塚幸定であることが確認された。検視が終わったあと夕方五時、あたりが暗くなってから幸定の死骸は付近に仮葬された。幸定は実に容易ならざる罪人であり北海の果てまで逃亡し厚岸の山中に潜伏していたが、天命は逃れ難く遂に岩手県警察署探偵係工藤常象の手により捕らえられたのである。

手塚幸定が捕縛されたまま激浪に身を投げた昆布萌村千代星は、現在の根室市昆布盛駅から北へ約二キロの場所にある長節（ちょうぼし）であろう。アイヌ語のコムプ・モイ（昆布・湾）、チェプ・ウシ（沼に魚多し）という地名に、当時はそれぞれ昆布萌、千代星という漢字をあてていたものと判断される。

釧路まで鉄道が敷かれたのが明治四〇年である。翌年二月に道内の鉄道操業を広く知ってもらうために視察隊が結成され道内を一周した。その一員として派遣された小樽日報の沢田信太郎が、釧路新聞に移った啄木の下宿を訪ねている。それより二五年も前の鉄道がない時代に船で北海道に渡り、逃亡犯を探し当て苦労の末に捕縛したにもかかわらず、連れ帰ることができなかったことが、よほど常象の身に応えたのであろう。根室から盛岡へ戻る途中、函館に立ち寄った際、函館新聞社に駆け込んで事の顛末を話し記事にしてもらったと考えられる。

日進新聞記事の冒頭には「北海道から帰県したある書生から聞き」と書かれているが、函館新聞の記事にはない逃亡事件の生々しい状況を伝えることができたのは、常象自身以外には考えられない。

この事件を解決したことにより常象は賞金一〇円を手にした。

明治四一年、釧路新聞に勤務していた啄木は三月八日に大暴風雪に見舞われた。釧路第三小学校で開催された児童学芸会に午後から出かけた。「途中二度許り雪中に立ち往生」してようやく辿り着いたが、会は延期になった。夕方まで待って「人々の止めるのもきかで帰らうとした」が少し来て歩けなくなり、その夜は学校で泊まった。「布団四枚に男八人。夢も結び難き大荒れで、戸が脱れて硝子の壊れる音凄まじかつた。」ほどの猛吹雪であった。この日の風雪で多数の壊屋と圧死者が出た。翌九日は「生まれて初めての大風雪、形容も何も出来たものぢやない。雪は全く人間を脅迫して居る。」と日記に書いた。釧路新聞社の工場にも雪が入り機械が故障したため一日休刊になった。

四半世紀前、常象が釧路よりもはるかに東の海岸で大風雪に見舞われていたことを、啄木は伯父から聞かされていただろうか。

(二) 大興寺強盗犯捕縛

常象自身が「工藤家由緒系譜」の中で「最も活哉を唱えたる」として取り上げているのは、明治一八年六月一五日夜に稗貫郡大興寺村曹洞宗大興寺で起きた強盗事件である。

この事件は六月二〇日の岩手新聞に「○強盗疵を蒙る」という見出しで詳しく報じられている。草木も眠る丑三つ頃、この寺に刃物を持って覆面をした四人の強盗が侵入、これに気づいた住職桐野圓宗《えんしゅう》が刀で応戦し、一人が負傷、恐れをなして何も取らずに逃走した。大興寺は約六六〇年の歴史のある古いお寺であるが、三十世圓宗和尚は嘉永五年生まれなので、当時三三歳の若さであった。

花巻警察分署から知らせを受けて、事件発生からわずか三日以内に強盗二人を、探偵追跡の上、岩手郡西安庭村地内山中字熊野堂に於いて常象が捕縛して賞令された。

四人組の強盗が、新潟県からどのような経路で石鳥谷町大興寺までやってきたのかは不明である。どこかで必ず奥羽山脈を越えなければ、北上川流域にはたどり着かないわけで、福島、宮城、岩手県のいずれかで山越えをしているはずである。この新聞記事を発見した当初、私は石鳥谷で強盗に押し入った犯人が、東根山や南昌山を挟んだ反対の西側に位置する雫石町で捕縛されたことに違和感を覚えた。現代人の感覚からすれば、花巻から雫石に行くとしたら、いったん盛岡まで北上しそこから西に向かうことになり大変な回り道になる。しかし、明治初期の岩手と秋田間の交流が奥羽山脈の山越えルートで行われていることを考慮しながら地図や交通網を調べると、強盗犯の逃走経路は、紫波稲荷神社から東根山を越えて矢櫃川に沿って雫石方面に下り、熊野橋に向かったのだろうと容易に想像できる。これを追尾する常象の方も当時の交通網を熟知したうえ、住民の目撃情報を基に犯人を追い詰めることに成功したのであろう。

熊野神社は雫石町西安庭の町場地区の対岸にあった。現在は御所湖の底に沈んでしまったが、この地域にはいくつかの縄文遺跡が存在し、古代から開けた場所であった。ここは、南畑方面から西安庭地内を流れてきた「南川」と紫波町との境の七日休みや須賀倉山方面が源流の「矢櫃川」「戸沢川」が、中心河川である「雫石川」と合流する交通の要所であった。集落の中を東西に盛岡・繋方面から鶯宿方面に行く県道「盛岡・鶯宿線」(かつては山形街道)が走り、志和方面から矢櫃集落経由で通っている道路がこの町場で盛岡・鶯宿線と交わる。その道はさらに西に向かい南川の上流にかかる熊野橋を渡り対岸の安庭集落に通じていた。「南川」「矢櫃川」「戸沢川」三川の合流点となる町場地区は各川の上流域で伐採され川流し(流送)された木材の集積場になっていた。ここで道路は五方向に分かれる。その交通の要所が熊野橋であった。現在の御所大橋の下流七~八〇〇メートルあたりに当時の熊野橋はあり、熊野神社は熊野橋の北側にあった。この場所を過ぎてしまえば逃亡経路は大幅に広がり、犯人逮捕は極めて難しくなったと思われる。監視カメラのない時代の、勘だけが頼りのスピード逮捕である。常象自らが「刑事探偵に素養あり」と記している意味も納得できるような気がする。

これらの業績が評価されたと見え、その後、明治二〇年二月一五日付岩手日日新聞二面に「巡査昇給昨十四日警察本部詰特殊巡査工藤常象氏月給十二円に昇給ありたるよし」という記事が掲載されている。

㈢ 砥石山発見と雫石

さらに、それから一年四か月後の明治二一年六月一四日付岩手日日新聞に、「砥石発見」の見出しで次のような記事が載った。

従来本県にて砥石を産出する地は南岩手郡御明神村下前山のみなりしが今度直隣り西安庭村に於いて庁下仙北町工藤常象氏は良好の砥石を発見し目下採掘中なるが右は下前産のものに優るのみならず茨城県銚子より輸入せし村上石といへる良質の物も出る由なり

警察本部詰特殊巡査である工藤常象は、どの様な経緯で盛岡市郊外の雫石町山中で砥石を発見するに至ったのであろうか。記事にある下前は志戸前《しとまえ》の誤りである。雫石町史によれば、志戸前の砥石は古くから里人に愛用されていたが、それに目を付けた南部藩が一八世紀初めに試掘を行い、藩有として開発をしたという。

砥石は、刀剣類、農機具である鎌や鉈、家庭で使う包丁などの研磨用として必需品であった。志戸前産の砥石は、色青く目が細かく柔らかで青砥と称し最良のものとされてきた。このため志戸前産砥石の採掘は通年許されていたものではなく、一定の日数が決められていた。採掘終了後には盗掘を防ぐため封印が行われた。封印は代官名代として同心が行うのが習わしであった。長年自家用の砥石を自由に掘り出していた村人にとっては、必要に事欠くことから盗掘が繰り返された。藩は御徒目付と同心を派遣して取り締まりを行った。元同心の常象は志戸前の山が有名な砥石の産地であることを知っていた可能性が高い。その場所は、雫石町御明神の多賀神社から志戸前川に沿って六キロほどさかのぼった方丈山（六八二メートル）西側の山中である。

しかし、この時常象が見つけた砥石山は、従来から知られている志戸前の山から東に一〇キロ以上も離れた西安庭であり、しかもそれが極めて良質な砥石であるというのである。常象は雫石周辺の土地勘もあり、砥石山や砥石の品質まで熟知していたのだ。この記事を新聞社に持ち込んだのも常象自身であろうか。明治一八年六月の強盗二人を捕縛した場所が雫石の西安庭村であることから、事件がきっかけでこの地域を知り、品質の良い砥石があることを見つけたとも考えられる。さすがに、現職の巡査自らが砥石を掘り出して販売する商に手を出すわけにはいかなかったのだろう。後年、鉱石の発掘権を売り買いする商売に手を出すようになったきっかけは、案外この辺りにあったのかもしれない。

現在の枡沢を中心に南は男助山、西は春木場、北は駒木野、東は繋付近まで、今から五〇〇万年以上前の太古の時代は、「古枡沢湖」という巨大な湖が広がっていた。湖底に堆積した泥岩や頁岩の地層が、その後隆起して比較的やわらかい岩盤が雨水で浸食され、この地域特有の深い谷や地層が形成された。

鉄製の刃物を研ぐ道具として各家庭に不可欠であった砥石は三種類に分けられる。

荒砥は、刃を下ろしたり刃の形を整えたりするのに砂岩や花崗岩を、中砥には粒子がやや細かい中仕上げ用の安山岩、凝灰岩、粘板岩を、仕上げ砥には最も粒子の細かい珪質粘板岩を用いる。日本国内の主な天然砥石のリストの中で、岩手県産では中砥石の産地として沼宮内町の御堂石（輝石安山岩）と、雫石町の志戸前砥（角閃安山岩）が良く知られている。沼宮内周辺も古くは海底に沈んでいた地層が隆起したことを示す化石が数多く見られ、砥石の原料になる泥岩・頁岩は雫石周辺と同様にどこを掘っても出てくる可能性がある場所である。

二　常象一家の災難

岩手日日新聞明治二三年四月一八日三面に、常象が精勤證書を下附されたことが報じられている。常象の巡査務めは順調に推移しているように見えたが、そこに突然思いもかけない事件が起こった。仙北町火災である。

仙北町から南五丁ばかりを仙北組町と呼んだ。ここには百戸余りの足軽同心の組屋敷が建てられていた。常象の家は代々南部藩に与力として仕えていた関係で、足軽の長屋ばかりの家でも広い屋敷を与えられていたという。仙北町という町名は、第二七代南部利直の代に秋田県の仙北郡から移住してきた人たちを、この北上川の対岸に住まわせたことから生まれた。町筋には紫波方面に住んでいる農民を相手にする商店が軒を連ねていた。仙北町の米屋、酒屋、藁細工屋、種物屋、紺屋など城下の諸町と違い特定の市日は決められていなかったが、活気のある町だった。

火事の様子は、明治二四年三月七日の岩手公報に次のように報じられている。

●一昨夜の火事　一昨五日の午後十二時十分（略）市内仙北町元組町の藁物細工村松久次郎方の炬燵より発火しおりしも同夜は南風頗る強く殊に同処近辺は水に不足の場所なれば看る看る中に燃え広がり全焼十五棟二十四戸にて全く鎮火せし午前二時半頃なりし消防各組其他の尽力頗る行届きたれば先ずは以上の如き焼失にて消し止めたり尚ほ其際電信柱一本が焼失したる由

この火災により常象の家も類焼した。三月一一日の四面に以下のような広告記事が掲載されている。「昨夜類焼の節は早速お見舞被下候処混雑の際尊名伺漏も可有之に付乍略儀新聞紙上を以て此段厚く御礼上申上候　盛岡市仙北町元組町　三月六日　工藤　常象」

　この日四面に掲載されている仙北町火災関連の広告記事は全部で九件、そのうち近火見舞いの御礼が七件、類焼見舞いは二件のみであった。三月一三日の三面上には「●火災見舞」と題し「過日仙北町組町失火の際類焼せし二十四戸の中活計の余裕のあるもの二三を除き残る一同へ」と後年多額納税者として貴族院議員に選出される佐藤清衛門とほかの有志が、玄米・味噌を見舞いに贈与した記事がある。類焼広告を出すことができた常象は、経済的に余裕のある「二三の部類」に属していたと考えることができる。

　さらに、この記事が掲載されてから一週間後の三月二〇日四面には再度常象の御礼広告記事が出された。

　　私儀本月五日夜近火類焼に罹り居宅壹棟全焼し困惑●在候処警察本部及巡査教習所警部巡査諸君御一統たり御見舞いとして金員御恵賜に預りご厚意奉感謝居候●追々各警察署御詰合警部巡査諸君よりも前同様御恵賜の諸君選鮮（略）　明治廿四年三月十七日（●は判読不明）

　近火見舞いや類焼見舞い御礼の新聞広告を一度出した後で、さらにこのような御礼記事を再度掲載することは極めて異例である。しかもこの広告は、一一日の類焼見舞い御礼の倍以上の大きさなので広告料も馬鹿にならなかったはずである。職場の同僚や知人たちから、予想をはるかに超える支援を受けたことに対する常象の感謝の気持ちを表したものである。この時期の常象が多くの仲間から信頼されていたことを示す証拠であり、社会的な評価と考えて良いのではないだろうか。この時の住所が仙北町四十四番戸になっている。

三　常象の退職と一家の生活

明治二五年八月二日、「昇給」という見出しで「本県警察部詰刑事係巡査工藤常象ほかの諸氏は昨日を以つてそれぞれ昇給の由」の記事が載った。翌二六年六月七日には、「巡査依頼免職及び給助証下附」として「本県警察部詰巡査工藤常象氏は一昨日依願職務を免ぜられ」とあり、この時をもって巡査という職を離れたと解釈される。息子の大助は自伝の中で「父は相当な暮らしをして居たが、事業に失敗した」と書いている。相当な暮らしができたのはこのあたりまでで、巡査を辞めてからの生活は楽ではなかったに違いない。辞めた時の常象の年齢は五四歳、大助はまだ仙台第二高等学校在学中で下に弟三人、妹五人が生まれていた。五女シゲは、常象が巡査を退職した次の年、すなわち常象五五歳の時に生まれており大助とは二三歳年が離れていた。退職時に給与一五円を終身下賜されたというが、現在のお金に換算して三～四〇万円ほどなので、一年間にこれだけではとても暮らしていけるわけがない。

明治二七年八月一日、日本と清国が互いに宣戦布告をして日清戦争が始まった。一〇月にはイギリス、イタリアが講話の仲裁を、また、一一月には清が講話交渉を申し入れてきたが、日本は受け入れず戦争は越年することになった。このため兵士は清の占領地で冬営することになり酷寒に苦しんだ。日本国内では、兵士の足が冷たいだろうから防寒用のわらじを寄付しようという活動が全国的広がりを見せだした。

盛岡では九月に「兵士に寒さをしのぐべきものを送るための義援金集めの組織」、盛岡夫人恤兵会が発足し連日募金活動が行われている。そこで集められた募金額と氏名が各町内別に新聞紙上に公表されている。一〇月一一日付岩手公報三面下に「◉軍人用雪草鞋代金義援者」という見出しの記事がある。仙北町組町の欄には、四五名の募金者が名を連ねている。その中に工藤常象の名前もある。身分、収入の程度により五〇銭から一〇銭まで募金額が違っているが、四五名中半数以上の二五名が募金額一〇銭であった。各個人の募金額はその地域における社会的地位や財力を反映しているものと解釈できる。常象の募金額は一〇銭で、募金の最低レベルであることから、この時期の工藤家の生活ぶりがうかがえる。

ちなみに、仙北町組町の前に帷子小路、平山小路、新山小路の欄があり、堀合忠操の募金額もまた常象と同じ一〇銭であった。啄木が渋民尋常小学校を卒業後仙北組町の常象宅に寄寓して盛岡高等小学校に通ったのは、明治二八年四月からである。以上のようなことから、その時期の常象宅の経済事情は、決して裕福な状況ではなかったと想像される。

常象が事業に手を出して多くの借財を作ったことは、大助が残した文章の中に記されている。「父（常象）は相当な暮らしをして居たが、事業に失敗した。このころから親の家政愈々逼迫したらしく、父より又借財〳〵と連発的にやられて」（『啄木発見』吉田孤羊）と後年大助は述懐している。

常象が手掛けた事業に関係する資料の一つとして、明治二九年一一月の新聞広告を取り上げる。

注意広告　近来当店名義ヲ詐称シ材木其他種々取引上ノ事ヲ搆造シ各地ヲ徘徊スル者之有候得共当店ニハ左記両人ノ外代理人無之候間此段為念広告候也　東京都深川区扇橋町弐丁目高島材木店

岩手公報四面の大きな広告記事の中に石橋源吉・工藤常象が連名で掲載されている。石橋源吉のほうは住所が八戸市二三日町、常象は盛岡市仙北町になっており、二人が共同で東京の高島材木店の代理店を営んでいたことがわかる。三陸大津波直後のことだから、津波で流失した家屋を再建するため、建築材料として沿岸部を中心に木材の需要が急激に増えたという背景があったかもしれない。常象は退職後の生活のために事業を起こし、また、相場に手を出したが、事業家としては成功しなかったということだろう。

四　常象の社会貢献

常象は現職の時代からいろいろな方面に関心があり、退職後は実際にいくつかの事業を始めた。それらはうまくいかなかったようであるが、その一方で、仕事とは別に様々な社会的活動をしたことが知られている。

まず、巡査として在職中に下斗米（相馬）大作の建碑を思い立ち、特別賛成者となり旧南部藩を巡回遊説奨道し、同志者を募り、明治二四年六月に向中野村小鷹の日蓮宗感応寺境内に記念碑を建設したという（「工藤家由緒系譜」）。

約二〇〇年前に盛岡藩士、本名下斗米秀之進が参勤交代帰りの津軽藩主寧親《やすちか》暗殺を計画、現在の大館市で待ち伏せていたが密告により失敗、盛岡藩に迷惑が及ばないよう相馬大作と名を変えて江戸に隠れ住んだが、一年後に捉えられ獄門の刑に処された。暗殺事件の背景には、これよりさらに百年前に起こった両藩の間の檜山騒動と呼ばれる境界線紛議が関係していた。その時、盛岡藩は適切に対応できず、幕府の裁定により津軽藩の帰属とされたことに対し不満が鬱積していたのである。相馬大作事件を、当時の江戸市民は赤穂浪士の再来と騒ぎ立て、講談、小説の題材としてもてはやした。それにもかかわらず、大作を顕彰する記念碑もなく、墳墓の所在も詳らかならざることを憂えた行為であった。

また、常象の仙北町地区における社会貢献で特筆すべきは、仙北小学校の設立に寄与した事である。明治三四年二月六日岩手毎日新聞二面中段に次のような記事が掲載されている。

●木杯と賞状　当市仙北町組町総代上野仁太郎他二名は城南尋常小学校仙北町分教場新築及び校具購入費寄付したる件にて木杯一組を中野文助（以下四名略）は同件にて大杯一個を工藤常象外四十五名は同件にて賞状を下附されたり

この時のことを常象は「工藤家由緒系譜」の中で次のように記している。

我が郷里仙北町は盛岡市内なれども、市を離るる北上川を経て、孤立の町村なりせば、仙北町青物町組町の三町ありて、戸数大凡五百戸余学数児童二百有余ありて、学校の設けなく七・八歳の児童は北上川明治橋を渉り（明治橋長さ八十間余）、盛岡市川原小路城南尋常小学校に通学せねばならざる処あり、其の不便容易ならず。冬期雪中などは六・七歳の小学児童、途に進退を失い涕泣する者往々有に見るに忍びず。常象仙北町に一つの小学校を建設せしむ事を欲し、発起人となり、仙北町豪商金沢長次郎に説き、敷地及校舎壱棟新築寄付せしめ、其他町内有志に説き、学校用器具等を悉皆調度し、開校費として現金壱百余円を添へ、之を盛岡城南尋常小学校に寄付し分教場になし、明治三十三年（庚子）十一月、仙北町小学校開校授業を創始せり。

常象が「工藤家由緒系譜」を書きあげたのは明治三九年六月である。この時常象満六七歳であった。

五　大助の生涯と啄木

工藤大助は常象・ハマの長男として明治四年二月一〇日、盛岡市仙北町組町に誕生した。兄二人が早逝したため三男にして父常象から工藤家を相続した。仁王小学校を経て盛岡中学へ進学した。父常象は巡査として勤務していたが、賭け事が好きで投機に手を出し、さらに七人の子沢山であったので、借金が絶えず小学校へ入学すると口減らしのために瀬戸物屋に丁稚奉公に出されたこともあった。仙北町から仁王小学校までの道を真冬でも素足で歩いて休まず通学した。常象は、鉱石の発掘権の売買を重ねいつも失敗しては借金がかさむ一方だったので、中学生の大助は卒業したら地質学を学んで父の損した分を取り返してやろうと考えたこともあった。学費の見通しがつかず思い悩んでいるところに、当時の岩手県知事服部一三から「医者になって岩手に戻って来るならば金を出す」とすすめられ、仙台の第二高等学校医学部へ入学した。知事からの五円と実家からの一円五〇銭で一か月の生活を賄い、夜の街に出て酒をあおり青春を謳歌する余裕も金もない、ただ書を読み勉強をするだけの四年間を送ったという（「頑固親父」工藤大助）。しかし、父からの一円五〇銭は四年の一学期で途絶えた（『啄木発見』）。明治二八年卒業後同校助手となり附属宮城病院に勤務していたが、同二九年六月一五日の三陸大津波で釜石の医師は全滅、県の招聘で釜石の町医となった。その後、釜石製鉄所病院長、釜石市立病院長を務め、五三年間医療に従事した。仕事以外では俳痴という号で知られている。同三七年、石応寺菊池智賢師に勧められて作句をはじめ、総句数は三六万六千句と言われている。

大助の父常象は石川啄木の母カツの兄にあたる。したがって、大助は母方の従兄弟ということになるが、啄木よりも一五歳年長である。啄木と大助とのかかわりで知られている最も古いものは、大助が盛岡中学卒業の時期に約一か月を渋民の宝徳寺に居を移し、そこで卒業試験に備えたことである。
明治二四年三月五日夜遅く起きた仙北町の火事のもらい火により、大助一家も焼け出された。両親とほかの兄弟たちは焼けた家の近くの仙北町四四番地に居を構えたが、盛岡中学卒業直前の大助が試験勉強をするような部屋を確保することは難しかったと見える。そこで、大助は叔母の家である渋民の宝徳寺へ避難して卒業試験に備えた。当時の様子を大助は以下のように記している。

（啄木は）幼時は温順な誠に可愛ゆい子であった。来ると、僕などは弟などより可愛がって背負たり何かした様な事もあった。渋民時代僕の卒業試験を受くべく、準備に一ヶ月も厄介になった頃は漸く小学に通いつつあった頃と思ふが。（『啄木発見』吉田孤羊）

啄木は満五歳で学齢より一歳早く渋民尋常小学校に入学したばかりであった。
盛岡第一高等学校同窓会名簿『白堊』には、工藤大助は明治二四年の第五回卒業であり、この時の在籍者数は八五名で卒業者数が二二名と記されている。同年五月三〇日の新聞には、卒業者二二名全員の氏名が載っており、その中で成績優秀として表彰された者には丸印がついている。工藤大助は表彰者六人中のうちの一人だった。中学入学時は一番の成績だったが、卒業時まで優秀な成績を維持し続けたということである。宝徳寺へ避難して試験勉強に励んだ効果はあったのである。吉田孤羊は大助の宝徳寺での「卒業準備」の時期を明治三四年早春としているが、大助が宝徳寺に厄介になり盛岡中学卒業のための試験勉強に打ち込んだ時期は、三月一〇日前後からの一か月間であったと推定される。盛岡中学の卒業式が五月下旬に行われていることと、仙北町の火事が発生した時期を照らし合わせると、三月中旬から四月中旬に絞り込まれる。この時、大助は二〇歳であった。

啄木は明治二八年四月に盛岡高等小学校入学のため大助の実家に約一年間寄寓したが、この時大助は第二高等学校を卒業したばかりで、医術開業免許を取得する前の段階であり、啄木と顔を合わせる機会はなかった。

大助と釜石の縁は、明治二九年六月一五日に起こった三陸大津波がきっかけである。この津波により釜石の人口の約半分に相当する三八〇〇人の命が失われた。この年の三月に医術開業免許を取り、第二高等学校医学部の助手として付属宮城病院に勤務し始めて間もなく、大災害が三陸沿岸を襲ったのである。津波から三か月後の一〇月に町医として招かれ、現在の浜町に診療所を置いてけが人の治療や伝染病治療・予防に当たった。

釜石で医師としての生活を始めてから、大助の消息記事がたびたび岩手日報に掲載されるようになる。医学部卒業後、明治二九年一月に大助はトヨと結婚している。しかし、トヨは翌三〇年一一月に結核のため二二歳の若さで死去した。この時の死亡広告記事は大助名で、会葬御礼記事は父親の常象名で出されている。

明治三一年には、若者が中心になり街を活性化するために立ち上げた釜石益友会評議員に選出された記事に続き、釜石尋常高等小学校医嘱託として年間三〇円支給される記事が掲載されている。釜石に腰を落ち着け、地元の住民と協力して街を発展させようという姿勢が見える。この年の七月一二日に大助はミヤと再婚した。

ミヤは南部藩家老の末席を汚した人の娘で、上田に住んでいた。花巻の呉服屋へ嫁に行ったが、商売は肌に合わないとすぐに家に帰ったほど気の強い人であった。当時は嫁に行った娘が自分から離縁を申し出ることなどありえないことであった。お互いに再婚同士であったが、大助の嫁になってから大助を盛りたて家庭をしっかり守る良妻賢母であった。(「頑固親父」工藤大助)

明治三三年七月一七日、盛岡中学三年の時、啄木は三陸沿岸旅行に出かけ、一行とわかれて釜石の大助宅に数日滞在した。啄木一四歳の時である。この時の印象を大助は以下のように書いている。

其後中学の富田小一郎先生と夏季休暇を利用し、釜石に遊びに来た頃は、稍性格の変化を来して従順なオトナシイ子供ではなかった様に思ふ。(『啄木発見』)

啄木が釜石を訪ねる前の月に大助の長男温夫が誕生している。大助はミヤと再婚後、釜石で暮らしていた。啄木が大助宅を訪問した時期は、長男出産直後に当たるので、ミヤは盛岡の実家へ里帰りして不在であった可能性が高い。この時、従兄弟の海沼慶治も大助宅に遊びに来ていた。

啄木が訪ねてから約三か月後、大助は釜石を離れ、岩手病院医員として盛岡へ移る。明治三三年一〇月一九日の岩手毎日新聞四面に、次のような広告記事が掲載されている。

錦地在任中ハ種々御厚好情ニ預リ奉深謝候匆々ノ際不取敢紙上ヲ以テ御礼申上候　敬具

岩手病院医員　工藤大助　釜石町辱知諸君

釜石町立病院長として招聘され再度釜石に戻るのは、明治三五年一月中旬の事であるから、この時期から約一年三か月は大助も盛岡に住んでいたことになる。啄木は盛岡中学在学中であった。

明治三九年一二月二九日に啄木の長女京子が誕生した。啄木は九〇枚用意した年賀状の中から一五枚を、初めての子どもの誕生を知人に知らせるために残していた。そのうちの一枚をもらったのが大助であった。大助は早速祝いの手紙を書き送った。

明治四〇年丁未日誌には、「釜石なる従兄医師工藤大助氏より、出産の祝の為替と共に／白梅や香りけだかき床の上。／命名　薫。／と大奉書紙に認めたるを送りこされぬ。薫もよき名なり」（一月三日）と記している。生まれる前から女の子の場合は金田一京助の京の字を取って京子とすることに決めていたので、大助の命名案は採用されることはなかった。啄木の最初の子どもに名付け親を買って出るほどであったから、親戚中でも一番親しい間柄であったと考えることができる。

大助と啄木最後の出会いは、啄木が亡くなる前の年の暮れである。その時のことを後年大助は次のように書き残している。

故あって上京せし次手《ついで》、前記の如く其寓を訪ふたが、狭き二階借りをし居て、叔母に逢い話をしつつある処に、同年輩の友人と共に帰り来たり、何だか頻りと議論して居た様だが、僕とは余り話はしなかった。（略）病気で暫く青山内科の治療を受けて、近頃退院した許り（『啄木発見』）

大助の次女（工藤　昇氏夫人）の話では、これは、釜石病院から東大の田代教授のもとへ研究のために派遣された時（大助四一歳）の事ではあるまいかという。孫の工藤純孝が大助の次女のぶの思い出話を基に書いた「『頑固親父』工藤大助」によると、この時、啄木は二階で数人の友と文学論をたたかわせていたか、大助には挨拶もしなかった。大助はカツを励まし、そばを取って食べさせ見舞金を置いて帰った。吉田孤羊は、大助が啄木を誉めず、「生意気で親不孝者だ」と言い続けたのは、案外こんなところに、その要因が潜んでいるかもしれないと書いている（『啄木発見』）。これが啄木と大助の最後の出会いになったが、時期は明治四四年三月下旬か四月上旬だと考えられる。
また、この後大助の手紙を受けた田村叶から啄木の父一禎宛に香典が届いた。これは大助の書いた達筆過ぎた手紙の誤読によるものであった。吉田孤羊の『啄木発見』には次のように記されている。

翁（大助）の文字は、達筆でありながら読み憎いので、お手上げしたのはひとり私ばかりではなかったろうと思う。（略）翁が啄木と最後の会見をして約半年ばかりたったときのことである。恐らくこれは翁が鹿角（秋田県小坂鉱山）におられた啄木の長姉の夫である田村叶さんに、何かのついでに、啄木の病状を報じ、さすがにお医者さんだっただけに、啄木の回復がむずかしいことを知らせたのではあるまいかと想像されるのであるが、この田村さんから、啄木の父君一禎さんあてにお悔やみの書留が届いた。何気なく啄木が開封してみると、啄木さんが亡くなられたそうでまことにお気の毒だと、悔やみの挨拶に添えて金一封の為替が入っていた。

これには啄木も驚いたようである。明治四四年八月二六日付宮崎郁雨宛の長い手紙の追伸に、「こなひだ滑稽なことがあつた。鹿角にゐる親戚から父宛の書留が来た。何の用かと思ふと、『釜石の親戚よりの通知によれば御令息一様御病死の由』云々と書いて、御香奠の為替を封入し、『何卒お花の一本も仏前におそなへ下され度候』とあつた。釜石にゐる従兄弟の医者が非常に読みにくい手紙を書く男だから、多分その手紙を読みちがへたものだらう。お蔭で僕も生きながら仏様になつた訳だ。翌日はその仏様がお香奠の礼状をかいた。」と記している。

啄木の最晩年、明治四五年三月三日に母カツの危篤を知らせる葉書を大助あてに出し、自身もその約一か月後に亡くなった。

二人は年の差が一五もあり、幼少年時代を除き死去する一年前の明治四四年まで会うこともなかったが、手紙のやり取りはずっと続いたということになる。他にも従兄弟が数多くいたが大助ほどの交流はなかった。

六　常象、大助親子

大助の父常象は、若いころから仕事熱心であり、県下でも有名な腕利きの巡査として名が通っていた。その生涯で数々の表彰を受けている。常象の仕事は、いざとなれば不眠不休である。一つの事件を解決するのに何か月もかかることもあり、夜中も張り込み、粘り強く犯人を追いつめて捉えるのが仕事である。大助は、いったん仕事に出かけたら二日も三日も家に戻ることのないような父を見て育ったに違いない。裕福ではなかったので苦学して学校を卒業した。常象は大助を官吏にしたかったようであるが、大助は父常象の思惑と異なった医学の世界に飛び込んだ。大助は、中学時代に将来地質学者になって父親が鉱石の発掘権の売買で損をした分を取り戻そうと考えたこともあったという。親の期待に反したが、常象が事業に失敗して作った借財を一〇年がかりで返済したということが大助の大きな誇りである。勿論、常象にとっても大助は自慢の息子であったはずである。

大助は苦学して努力の末医者になり、家族をはじめ周りの人たちのために長い間働き続けた。勤勉であり仕事熱心なところは父親譲りである。大助の評価は、多芸多能、資性闊達、交友、甚だ広かったということであるが、亭主関白な所も父親譲りなのかもしれない。常象は、現役巡査の若い時代に、思い立って下斗米（相馬）大作の碑を建立している。さらに、退職後には城南小学校分校（現仙北小学校）設立に尽力するなどの大きな社会貢献をしている。

大助の生涯を考えるうえで、長年地域医療に貢献しながら工藤俳痴という名で膨大な数の俳句を詠み続けたこと、それと並行して、晩年の余生を釜石市誌編纂に捧げたことを忘れてはならないだろう（釜石市史）。市誌編纂委員会のメンバーの中心となり精力的に資料探訪、実地調査を行い、その成果をまとめ、謄写まで自らがしていた。しかしながら、昭和二〇年七月の一回目の空襲では難を免れたが、八月九日の二回目の空襲で、自宅に置いてあった翌日送る予定の貴重な資料は、すべて跡形もなく焼け失せてしまった（『頑固親父』工藤大助）。

このように工藤常象、大助親子の生涯を見ていくと、歩んだ道は異なってはいるが共通点も多く、大助は父常象の背中を良く見て成長し、この時代を生き抜いたと言えるのではないだろうか。

また、大助の武勇伝として次のようなことが知られている。明治三〇年頃、コレラ患者を乗せた中国の船が釜石に寄港、給水と食料の補充を申し入れた。当時検疫医でもあった大助は漁民たちを浜辺に集めて篝火をたかせ、奇声をあげさせたうえ、ピストルを片手に漁船に乗って中国船に近づき「お前たちが上陸すると漁民達が皆殺しにすると息巻いている。俺も上陸させる訳にはいかない。もし上陸するならこのピストルでたたかう」と怒鳴り、そのまま退散させた。このため釜石でのコレラの感染はなかったが、大助は県から独断で入港を拒否したことを叱責された（『頑固親父』工藤大助）。大助の父常象の武勇伝を髣髴とさせるような話である。

七　育った環境と金銭感覚

大助が宝徳寺に約一か月世話になり盛岡中学卒業試験に備えたことは前述したとおりである。その時代は常象もまだ現役の巡査であり、工藤家の生活はそれほど苦しくなかったはずであるが、大助から見ると石川家の暮らしぶりは、自分の家の生活とはかなりかけ離れていると感じたようである。

日戸の寺、渋民の宝徳寺時代は、相当の生活をして居た事は推測し得る。それは叔母（啄木の母）が時々来て宿泊する折の衣服調度土産物、さては僕の一カ月間厄介になりつつありし状況より見てソーである。此相当生活を為せる清閑なる田舎の寺に生まれ、職業上諸人より相当の敬意を払われ、然かも女三人の中の男なる啄木は、大事にされ両親より可愛がられた事は想像も出来、又事実見た処である。（『啄木発見』）

大助は、「尋常小学校を出た後、手代みたいなことをさせられた。好まないのでひそかに勉学をして、親に内緒で盛岡中学を受験し再び学校に通うことになったが、同級生からは悔辱された」と言っている。また、仙台第二高等学校に入学後は、「学生専門の一番安い学用品を探し求めた」（『頑固親父』工藤大助）という。

一方、啄木は中学在学中から、学用品、辞書、筆などどれも高価なものを使っていたと証言するのは、友人阿部修一郎である。

石川君の使う学用品は、中学生に不似合いな上等なものばかりで、机の上はいつもきちんと整理され、辞書などもうらやましいほどいいものをもっていた。巻紙を左手に持ったまま、いい筆ですらすらと書き流すのには、内心圧倒されたものである（『啄木発見』）。

また、盛岡高等小学校から中学時代の友人伊東圭一郎は、「そのころ（明治三五年）の啄木は、両親に可愛がられまだ貧乏の味も知らない恵まれた文学青年で」と書いている（『人間啄木』）。

これに対して、大助が服部一三知事の援助と常象からの仕送りを受け、死に物狂いで勉学に励み、仙台第二高等学校を卒業したのは明治二八年三月、彼が二四歳の時である。卒業後もなお大助の極貧生活は続いたという（『頑固親父』工藤大助）。幼少時代から貧しい生活を余儀なくされ、苦学して医師になった大助の生活はその後も慎ましく堅実である。大助と盛岡中学中退まで何不自由なく学校生活を続けることができた啄木を比較すると、それまでの過程で身に着いた金銭感覚に大きな差があることがわかる。啄木と大助は、従兄弟同士ではあるが、幼少時代から中学時代そして独り立ちするまでの間、育った環境が違い、進んだ道もまったく異なっていた。それが二人の金銭感覚に大きく影響していると考えられる。

八　中学時代の成績と啄木嫌い

大助には、自分のほうがはるかに優秀でまっとうな道を歩んできたという自負がある。少なくても、盛岡中学時代までの学業成績だけで比較するならば、間違いなく大助のほうが優等であった。盛岡中学の卒業生は、明治二三年が在籍七六人に対して九人、同二四年、八五人に対して二二人、同二五年六〇人に対して一五人である。この時代は入学者のうち三割が卒業できれば多いほうであり、大助が在籍した年度は在籍者の二割五分しか卒業できなかった。これに比べ一二年後の明治三五年の卒業生は、在籍一五七人に対して七四人、同三六年一七〇人に対して九七人で、啄木の時代は半数以上が卒業している。大助が学んだ頃に比べるとはるかに卒業しやすくなったといえよう。そんな時代になっていたのにもかかわらず、成績が振るわず盛岡中学を中退してしまった啄木を、大助は啄木が生存中はさほど偉い人物だとは思っていなかったという気がする。啄木没後に周囲の多くの人間から偉大な歌人・詩人・評論家だということを聞かされ、少し評価を改めたのではないか。

明治四四年三月から四月にかけて、大助が東京の啄木宅を訪ねた時の様子についてはすでに説明をした。大助が、啄木のことを終生良く言わなかった理由は、この時のことがあるからだとする説があるが、私は、その理由はこれだけではないと考えている。大助が啄木を余り良く言わなかったもう一つの理由に啄木晩年の社会主義思想があるのではないか。

『頑固親父』工藤大助」の中には「国粋主義者」という言葉が二度使われている。大正初期の不況とインフレの時代、各地で暴動がおこり多くの人が職を失った。この騒動は一揆的性格が強く、これに社会主義運動が加わり各地でストライキがおきた。釜石におけるストライキ事件の際には、「生まれつきの国粋主義者の固まりである大助は、この運動に対しては大反対」で「一緒に逃げるようにすすめる人があったがこれを断り」「愛用のピストルを懐にひそませ病院の中にスト隊が乱入したら発砲する覚悟であった」と記されている。また、「大助は国粋主義者であり古い伝統を重んじる性格であったから、啄木の慣習を破った短歌は評価の対象とはならなかった。しかし、晩年の大助は、蕪村、一茶、と同様、貧困が啄木を仕事に情熱をそそがせたと、理解も示している」とも書かれている。大助は啄木全集を見ており、啄木が生涯でどんな仕事をしたかを知っていたはずである。当然のことながら、晩年には社会主義思想に大きく傾倒して行った啄木の姿を十分に認識できていたに違いない。

短歌の世界における才能と業績は認めたものの、思想的には相入れないものを感じていたのではないか。

九　借金メモの「工藤」と常象、大助親子

啄木の借金メモの盛岡の欄に「工藤　一〇円」という記載があり、この工藤が誰なのか長い間謎とされてきた。塩浦彰は『啄木浪漫―節子との半生』(一九九三)の中で、西根町大更(現八幡平市大更)の富豪工藤寛得であるとしているが、工藤寛得は盛岡の人ではない。啄木が書き残した年賀状発送名簿の中にも工藤寛得の住所は岩手郡大更と記されており、盛岡とは結びつきにくい。このようなことから、著者は盛岡に居住する工藤姓の人物を探し続けてきた。

盛岡市在住者で啄木と最も近い関係にあった工藤姓は、母親カツの兄にあたる工藤常象である。明治二八年四月、啄木は仙北町の工藤常象宅に寄寓してここから盛岡高等小学校に通学した。常象の長男大助は、明治二四年に盛岡中学を卒業後、仙台の第二高等学校に入学した。その時の学資六円五〇銭のうち一円五〇銭を常象が負担していたが、それも送ることができない状況になってしまう。明治二六年には常象は巡査を退職しており、巡査を辞めたあとの年金も一五円と少なかった。大助の下に子どもが八人生まれており、自分の家の生活を維持することで精いっぱいであった。

啄木が金を借りた可能性があるのは、明治三五年以降ということになるが、その時期に常象に金を貸す余裕があったとは考えられない。啄木が常象宅から盛岡高等小学校に通学した期間も約

一年と短く、それ以降は常象宅に出入りした形跡がない。常象には退職後に始めた事業の失敗による借財が多く、啄木が借金の申し込みをしたとしてもそれに応える余裕はなかったと思われる。

次に、啄木の借金メモの中の「盛岡工藤一〇円」の工藤は大助であったかどうかについて触れておきたい。啄木と大助は、従兄弟の中では幼少のころから啄木の晩年まで最も長く親密な交流があったことは確かである。しかし、啄木が盛岡高等小学校に入学して常象方に寄寓していた時期に大助は仙台におり、大助が釜石を離れ岩手病院医員として盛岡で勤務をしていた約一年半、啄木は姉の田村家から盛岡中学に通っていた。借金生活が始まるのは中学中退後である。盛岡中学在籍中は家からもらう金で足りていた。金に困り借金が取りざたされ始めるのは明治三五年秋以降の事である。明治三五年一月に大助は釜石町立病院長に招聘され盛岡を離れており、生涯釜石を離れることはなかった。啄木が金に困って借金を重ねていた時代、大助は釜石に在住していた。したがって、大助から金を借りたとした場合「釜石工藤」と記したはずである。したがって、「盛岡工藤」は大助と考え難い。

明治四一年三月四日付岩手日報三面下に、「盛岡中学出身諸君に告ぐ」という見出しの記事が掲載されている。「恩師猪川静雄先生は我等が母校に在職せらるること実に二十有余年に御座候此間に於いて我等が先生に負ふ所は無窮なりと云ふも」に始まり「先生今や古希を越ゆる四歳にして我母校を退かれ候（略）この際其高恩の萬分の一にも報ぜん為資金を募集し微志をいたしたく」という趣旨で募金を始めたことを伝えている。猪川先生彰功会発起人名で「既に御出金相成候分として」大矢馬太郎、臼井定民一〇円、工藤大助以下三名が五円と記されている。盛岡市長で県内有数の高額納税者の一人に数えられていた大矢馬太郎が一〇円出しているのに対し大助はその半分の五円である。つまり当時三七歳の大助にそれだけの財力があったことを意味している。同じ紙面の後半に出てくる啄木と同学年の船越金五郎と後輩の岡山儀七の募金額が五〇銭だったことを考えれば、いかに多額だったかということがわかる。

大助には、啄木が借金の申し込みをして納得できれば貸せる経済的余裕はあった。盛岡出身で釜石において成功を収める可能性が高い若手の有望株の筆頭として、岩手日報紙上に工藤大助の名が挙がっている。この当時の大助は社会的地位も増し、経済的基盤もしっかりしてきていた。大助は「折々叔母より米代の援助を乞はれた様に記憶する。」と書いているが、その時期がいつごろかは明確ではない。また、明治三三年七月に釜石の大助宅を訪ねて以来、明治四四年に大助が東京の啄木宅を訪ねるまでの一〇年以上にわたって二人は顔を合わせることはなかったが、「この間、困窮していた啄木からは（金の）無心はたびたびあった。」（『頑固親父』）という。しかし、それに対して金を送ったとは書いていない。大助の記憶は曖昧なところがあり、場所や時代背景に大きな誤りがある部分が認められるが、幼少のころから金に苦労をしてきているので、金の貸し借りは割合はっきりしている。

大助が金を出したことは二回知られている。最初は明治四〇年一月、長女京子の誕生を知り「薫」と命名し祝い金を送ったことがある。二度目は明治四四年暮れに東京の啄木宅を訪ね、カツに見舞金を渡している。この二回について大助は明確に記憶しており、自分自身が書いている（『啄木発見』）。それ以外に送金したとか金を貸したとは書いていない。

堀合了輔は、『啄木の妻』の中で啄木に金を用立てたのは堀合家の人間だけで、石川家の人間には金の無心をしていないと書いている。

以上の事から、大助はこの二回以外には金を出しておらず、借金メモの「盛岡工藤」は大助と考えることはできない。

第三章　渋民村の祝勝会

はじめに

岩手日報には、啄木関連の消息記事が多いことを第一章で論じた。「渋民村の祝勝会」記事は、なかでも最も典型的なものでありながら、これまでどの研究者の目にも留まらずに長い時間埋もれていたものである。

私は、『啄木・賢治』1号に「石川啄木と岩手日報（予報）」と題して、岩手日報紙上で見つけ出した二つの記事をごく簡単に紹介した。さらに二〇一六年に渋民で開催された国際啄木学会において研究発表を行った際、他の啄木消息記事とあわせてその一端を報告した。

ここでは、「渋民村の祝勝会」記事全文を取り上げ、さらにこの記事からどのようなことが見えてくるのかを詳細に論じたい。

一　記事の背景

石川啄木の名前で作品が掲載されたのは、明治三六年一二月一日の『明星』が最初である。翌三七年の一月一日から日記「甲辰詩程（啄木庵日誌）」が始まる。一月には節子との結婚の話が進み、二月には母カツが堀合家に結納を持参し婚約が成立した。その一週間後に日露戦争が始まった。日記には、このほかに渋民村の多くの友人たちとの交流が記されている。日記がほぼ毎日書かれたのは、四月八日までで、その後はいったん中断し、七月二一日から二三日までの三日間だけが長く記された。しかし、再開された長い日記を最後に「甲辰詩程」は終わり、二度と書き継がれることはなかった。今回発見された記事には、日記が終わってから約二〇日後の啄木の消息が示されており極めて興味深い。

●渋民村の祝勝会　岩手郡渋民村有志の発起にかかる大祝勝会は去る五日午後三時より同村小学校運動場に開かれ音楽隊の奏楽と共に一同式場に着席し三発の祝砲終りて小寺村長開会の辞を述べ君が代の合唱ありそれより来賓有志の祝勝演説に移り秋浜市郎の結局の全勝を祈る熊谷好摩駅助役の祝辞朗読伊五澤丑松の戦争に就いて石川啄木の日露戦争と黄禍論小坂圓次郎の所感畠山亭の戦争と外交金矢七郎の露国おとぎ話一則等それぞれ有益の弁論終りて秋濱氏の発声と共に一同大元帥陛下海陸軍の万歳を各三唱し当日第一部の儀式を了りて暫時休息の後七時頃更に第二部の儀式に移り會衆数千名軍装いかめしき和野八助氏沼田丑太郎氏の指揮の下に一同を二列縦隊に編成し予定の如く提灯行列をなす各部隊校門を出て村社愛宕神社前に至りて陛下海陸軍の万歳を各三唱しそれより船綱橋に達し橋上遥かに帝都の空を望んで再び陛下海陸軍の万歳を唱ひ式場前に帰りて隊伍を整へ渋民の町を通り村内各所を順行

して九時半再び式場に集まり万歳を唱へて解散したり当日は村社愛宕神社例祭の事とて村内は勿論近郷の人出多く町内若者連の寄付にかかる大行燈通路数か所を飾りたる事とて一層の賑はいを添えたりしと因みに記す同村に於いては今後猶時々祝勝会を催す計画の由

（岩手日報　明治三七年八月九日三面記事）

これは謎の多い不思議な記事である。日露戦争が始まって約半年、旅順を中心とした局地戦が続き形勢がどちらに傾くかまったくわからない状況にもかかわらず、東京では祝勝会が催されたという記事が五月の岩手日報に掲載されている。その後、盛岡市内においてはすでに第二回までの祝勝会が開催されており、第三回祝勝会の準備が進められていることがたびたび報じられている。開催予定の記事の後、参加団体名と人数だけが毎日のように掲載されているが、実際に開催されたという記事はここまで確認できない。ここで言われる祝勝会はむしろ祝勝祈願の会と受け止めるべきだが、そのような状況の中で、盛岡よ

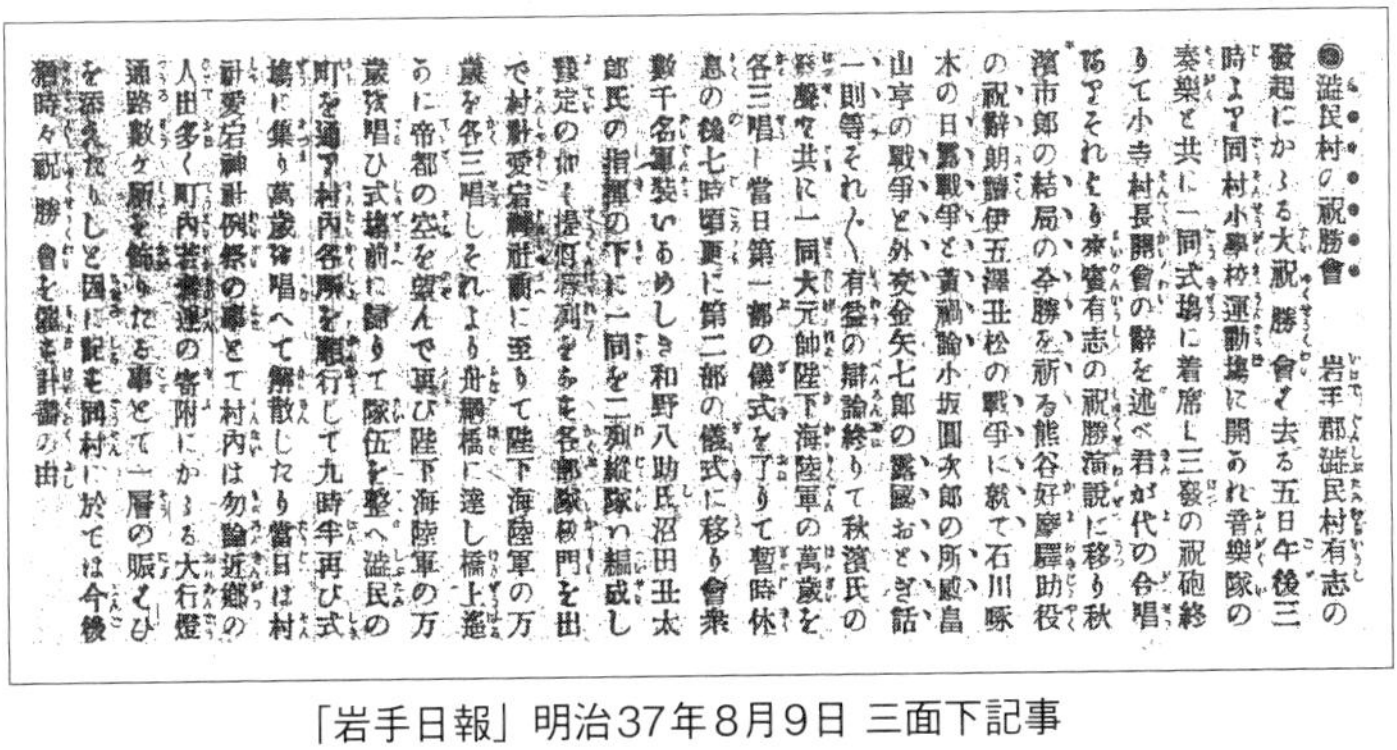
◉澁民村の祝勝會　岩手郡澁民村有志の發起にかゝる大祝勝會は去る五日午後三時より同村小學校運動場に開かれ音樂隊の奏樂と共に一同式場に着席し三發の祝砲終りて小寺村長開會の辭を述べ君が代の合唱ありそれより來賓有志の祝勝演説に移り秋濱市郎の結局の奇勝を祈る熊谷好摩驛助役の祝辭朗讀伊五澤丑松の戰爭に就て石川啄木の日露戰爭と黄禍論小坂圓次郎の所感畠山亨の戰爭と外交金矢七郎の露國おとぎ話一則等それ〴〵有益の辯論終りて秋濱氏の發聲で共に一同大元帥陛下海陸軍の萬歳を各三唱し當日第一部の儀式を了りて暫時休息の後七時頃更に第二部の儀式に移り會衆數千名軍裝いかめしき和野八助氏沼田丑太郎氏の指揮の下に一同を二列縱隊に編成し豫定の如く提燈行列をなし各部隊校門を出で村社愛宕神社前に至りて陛下海陸軍の万歳を各三唱しそれより舟綱橋に達し橋上遙かに帝都の空を望んで再び陛下海陸軍の万歳を唱ひ式場前に歸りて隊伍を整へ澁民の町を通り村内各所を練行して九時半再び式場に集り萬歳を唱へて解散したり當日は村社愛宕神社例祭の事とて村内は勿論近郷の人出多く町内若者連の寄附にかゝる大行燈通路數ケ所を飾りたる事とて一層の賑ひを添へたりしと因に記す同村に於ては今後猶時々祝勝會を催す計畫の由

「岩手日報」明治37年8月9日 三面下記事

りはるかに北の人口千人に満たない片田舎の渋民村で祝勝会が行われたというのである。祝勝会を誰が企画し実施したのか。この記事を誰が書いたのだろうか。

二 「渋民村の祝勝会」に石川啄木が深く関わっていたことを示す証拠

明治三七年八月三日の伊東圭一郎宛の書簡に啄木は、「来る八月の五日に我村でも祝勝会提灯行列を催し様と云ふので、野生今日は学校に行つて雑務に鞅掌《あうしやう》し、只今漸く帰つて来た所である」と記している。この手紙は、七月三一日の夜九時に小学校から帰ってきて書きはじめ一時中断、翌八月一日に再開し二度目の中断、それから一日あいだをおいて八月三日に再開、四日かけて書き終えた長いものである。一通の手紙を書くのに四日もかかったのは、祝勝会が行われた五日まで啄木は忙しく、連日小学校に通いその準備に明け暮れていたからだろう。すなわち、啄木は祝勝会当日聴衆に向かって「日露戦争と黄禍論」を演説しただけではなく、最初の段階から祝勝会の計画、準備、実施に至るまでの全過程で主導的立場にいたのではないかと考えることができる。啄木は、記事の中の冒頭に出て来る渋民村の「有志」発起人の一人だったのではないか。

三 「渋民村の祝勝会」が岩手日報紙上に掲載されることになった経緯

この時期の啄木書簡から、「渋民村の祝勝会」記事が岩手日報に掲載されるまでの過程で二人の人物が関係していたことが明らかになった。友人伊東圭一郎と岩手日報主幹の清岡等である。

伊東圭一郎は、明治一八年五月一五日伊東圭介・キノの長男として盛岡市加賀野に誕生した。父の圭介は自由民権運動の闘士で、第一回衆議院議員選挙運動中に健康を害しながらも当選したが、日清戦争終了直後の同二八年、帝国議会開催中に東京で病死した。長男の圭一郎は当時一〇歳で喪主を務めた。啄木と盛岡高等小学校時代に知り合い親交を深め、盛岡中学時代にはユニオン会のメンバーの一人であった。圭一郎は卒業後、宮古の磯鶏小学校代用教員として赴任したが、体調を崩し翌年四月退職して盛岡の実家に戻っていた。このような状況を知った啄木は、四月以降七月迄のどこかで清岡等と接触し、友人伊東圭一郎を岩手日報に採用してほしい旨依頼していたものと推定される。

前出の八月三日付伊東圭一郎宛の長い手紙の後半部、「八月三日朝、かき次ぐ」以下を次に示す。

一昨日こゝまで書いたが、清岡の方から例の一件の返書が来ないので、実はガツカリ元気がなくて、遂失敬して居た。その待ちに待つて居る回答が来ないのに、兄に対しては申訳ないし、自分乍ら不信任の様な気がして、本早朝再度の請求書を清岡に向け発送した。それから二十分許り経過しての今、なつかしく兄の端書を落手。今更の様に申訳がないのである。何れ二三日のうちには成否が知れるだらうが、清岡君の方でも、この間電気会社の常任社長に選挙されたので、多分、内外の事務一時に起つて予想外に繁忙で居るのだらうから、あながちに彼の冷淡を責める事も出来ぬし、彼れ此れして責任は野生の痩肩に丈け負ふ事にして、一先兄に御詫をして置かねばならぬ。尤も清岡君と小生との間には日報社の事に就いて或る約束があるのだから、たとへ今度は機熟せずして兄の入社の一件失敗に終る様な事があつても、兄さへ先頃の手紙の様に出て見たいと云ふ御心があらせらるるなら、此事に就き、生は充分の責任を以て出来る丈けの事なら、犬馬の労をも厭はずに尽す気である。兎に角、此方から口を出して置いて斯様に成否がまだ解らぬとあつては、生は甚だ兄に申訳がない。

この手紙の内容から、啄木は岩手日報主幹清岡等との間に「ある約束」を交わしていたことがわかる。約束とは伊東圭一郎の就職に関することだったと思われる。

伊東圭一郎はこの時のことを『人間啄木』の中で「この時は、啄木は清岡等さんに（当時岩手日報主幹、元盛岡市長）に日報社入社をたのんでくれたし」と書いている。八月三日の長い手紙の最後には、「例の一件はどうか不悪二三日待つてくれ玉へ、頼む」とあり就職問題が解決しないことを繰り返し友に詫びている。啄木は清岡等とのここまでの交渉でよほど手ごたえを感じ、自信を持っていたのだろう。それが思うように進展しないことにいら立っている様子が読み取れる。

清岡等は、文久三年一二月八日清田行三とイクの長男（幼名梅三）として現在の盛岡市東中野に生まれた。父親の仕事の関係で秋田の大平中学校（現秋田高校）を卒業し、東京商法講所などを経て岩手県庁に入り、明治二七年に第二代盛岡市長に就任した。その後、明治三五年の衆議院議員選挙で原敬と戦い敗れ、翌三六年に岩手日報主幹になっていた。啄木との初対面は三七年一月の事であった。

一月九日の「甲辰詩程」には、前々日の七日に阿部梅子を弔うために盛岡へ出かけた啄木が、一〇日の新聞に掲載する歌を即座に創り岩手日報社に届けに行き「桃岡、田中館、菅、諸氏並びに主幹清岡氏に逢ひ」と書いている。

清岡等宛の啄木書簡が一通だけ存在する。この年の七月一五日から、岩手日報の二面下に「想起録」と題した清岡等の連載が始まった。其一の冒頭は「盛岡電気株式会社の創立総会は本月二十七日開会せられて役員の選挙もある筈だから」に始まり、明治二十九年六月までさかのぼり電気会社設立に至るまでの経緯を克明に説明したものである。「想起録」は其八まであり、どの回も非常に長い。最終回は七月二三日である。その最終回の末尾に啄木書簡が掲載されていた。

手紙文の前には「此頃石川啄木氏より一書を寄せられたから其厚情を謝する為めに之を左に掲げて以て此の想起録の完結を告ぐることにしたが定めて記載漏れのこともあろうと思ふので其等は追て緩々執筆することにしよう」という一文が添えられている。岩手日報主幹を務めながら九月には新しく設立された盛岡電気初代社長に就任する清岡等は、自分に宛てた啄木書簡を記事として利用したことになる。


偖《さ》て、兼て御計画の電気事業、這度愈々会社創立の運に至られ候由、先づ以て大慶に存じ上げ候。（略）小生が第二の故郷たる八歳客夢の杜陵も、文明の光に不夜の巷と相成り申可、市民は申すに不及、苟しくも志ある者は皆貴下の熱心なるご尽力に対して充分の謝意を表せざる可からざる事と存じ候。且つ今回の御企ては、戦時財政の根拠を悲観して兎角萎縮病に陥りたる県民に恰好の生ける教訓を与へたる者とも可申、単に電灯の光るのみならず、這般の消息が齎らす精神上の光明の多大なるに於て小生の如きは尤も歓喜致し居る者に御座候。（略）電灯会社の出現は、正しく、東北新興の事業的活動心の有力なる代表と見るを得べきを喜び申候。

この手紙は啄木全集の中に収録されているが、他の書簡とは少し違っている。全集に収録されている書簡の形式は、最初に通し番号と手紙の見出しがあり、次に手紙文、手紙文の最後に日付と啄木の名前が記されている。この手紙は、通し番号七一と「七月二十三日の岩手日報に紹介された清岡等宛のもの」という見出しに続き、ここに引用した手紙本文があるものの、手紙を書いた日付と啄木名がない。そこから、これは啄木が書いた手紙の全文ではないことがわかる。清岡等にとって必要な部分だけを抜き出したものである。すなわち、全集の書簡は、啄木が書いた手紙からではなく岩手日報記事から採録されたものである。

「偖て」の前には時候の挨拶があったはずだ。「偖て」以下の部分には清岡等が立ち上げた盛岡電気会社に対する賛辞が並んでいるが、ここで啄木が清岡に何を訴えかけたいのかが伝わり難い。ここだけ読んでも手紙の用件が何かは見えてこない。したがって、この手紙の本題は引用部分の後に書かれていたものと推定せざるを得ない。恐らく、「偖て」以下の一文の後に伊東圭一郎の就職斡旋の依頼文があったと想像される。引用部分は清岡等に対する社交辞令と考えられる。清岡はその部分だけを切り取り自己宣伝の手段として巧みに利用した可能性が高い。当然のことながらこの記事を啄木も見ていたはずである。

これを見て啄木はかなりの手ごたえを感じたことだろう。遠からずして、就職あっせん依頼に対する返答が来るものと期待していたにもかかわらず、八月三日になってもなしのつぶてである。これを伊東圭一郎に詫びているのが、すでに引用した「八月三日朝、書き次ぐ」以下の部分で、清岡宛書簡の前文にある「此頃石川啄木氏より一書を寄せられ」から判断すると、啄木が清岡等宛に手紙を書いたのは、「想起録」の掲載が始まった七月一五日以降であろうと思われる。啄木は盛岡電気会社設立事業に精通していたわけではないので、「想起録」の連載を途中まで読んだ段階で知り得た情報をもとに、清岡宛の手紙を認めたと考えられる。

「渋民村の祝勝会」に啄木がかかわっていた決定的な証拠は、「閑天地」（十四）我が四畳半（五）の最後にある。

また、一年の前なり、その村の祝勝提灯行列の夜、幾百の村人が手に手に紅燈を打ふりて、さながら大火竜の練り行くが如く、静けき村路に開闢以来の大声をあげて歓呼しつゝ、家国の光栄を祝したる事あり。黄雲の如き土塵をものともせず、我も亦躍然として人々と共に一群

の先鋒に銅鑼声をあげたりき、これこの古帽先生が其満腔の愛国心を発表しえたる唯一の機
会なりし也

四　この記事を誰が書いたか

「渋民村の祝勝会」記事が書かれた背景に啄木、伊東圭一郎、清岡等が関係していたことを説明してきた。当時の岩手日報記事を見る限り、渋民周辺の岩手郡に専属の特派員がいたようには見えない。一関、胆沢、花巻地方の関連記事は定期的に掲載されているので、担当する特定の人物がいたことがわかるが、他の地域はそのような扱いにはなっていない。「祝勝会」の模様を取材するために、盛岡から約二〇キロ離れた渋民まで岩手日報が特別に記者を派遣したとも考えにくい。そうだとすれば、この記事は、渋民に住んでいて実際に「祝勝会」を見たか、参加したものが提供した情報に基づいて書かれたものと考えるべきである。

「渋民村の祝勝会」が行われる三か月以上前に水沢町で提灯行列が行われ、東京の祝勝会では死者が出る騒ぎになり、大迫町、久慈町に続き、渋民のすぐ北にある川口村ですでに祝勝会や祝勝祈願の会が催されていた。それ以降も岩手県内各地において同様の会が開催されているが、それらの様子を伝える記事は皆短く七〜八行にまとめて報じられており、どれも「渋民村の祝勝会」の記事ほど長くはない。渋民村よりも二〇日遅れて行われた隣の玉山村の祝勝会記事は以下の通りである。

●玉山村祝捷会　去る二五日岩手郡玉山村にては村社八幡神社の例祭を機とし戦勝祈祷会並びに祝捷会を同村役場前庭に開催し参列者は村内重立者軍人家族役場吏員学校職員児童等無慮七百名式すみて後小学生徒には菓子餅を与へ参列員一同には酒饌を配付し余興として擬旅順砲塁を各学校生徒に突貫破壊せしめ日没後は提灯行列をなしたりと

（岩手日報　明治三七年八月三〇日三面記事）

これと「渋民村の祝勝会」記事を比較すると、渋民記事の方が三倍以上長く、登場人物の名前と役割が具体的に詳細に記されていることがわかる。

それでは、渋民村の祝勝会に直接かかわって当日の様子を克明に記録できた人物とは一体誰なのか。明治三七年の岩手日報のマイクロフィルムの中から「渋民村の祝勝会」の記事を見つけ出したとき、最初の印象は「甲辰詩程」の日記文によく似ているということであった。なぜそのように感じたのか。この記事を見て啄木日記「甲辰詩程」を読んでいるような気持になるのはなぜか。キーワードは学校と登場人物の二つである。

「渋民村の祝勝会」記事に現れる祝勝会第一部の舞台は渋民小学校運動場であり、第二部の最後もまた小学校に戻り万歳を唱えて終わる。来賓有志による祝勝演説の最初が渋民尋常高等小学校主席訓導秋浜市郎である。しかも、秋浜は演説が終わった後の第一部の締めくくりの万歳三唱の音頭取りまで任されていて、学校関係者が重要な役割を演じている。祝勝会の準備は小学校で行われ、発起人となった有志の集会所もまた学校であった。

一方、「甲辰詩程」が毎日書かれていた一月一日から四月八日までの一〇〇日間の中で、啄木が最も頻繁に出入りしていた場所が母校の渋民小学校である。合計二三回のうち四回はオルガンを弾きに、一回は卒業式に出席するためであった。また、教師の高橋宅や、宿直中の佐々木を学校に訪ねたりしているほかに、二月二四日には小学校の教員二人がそろって啄木を訪ねてきている。学校へ足繁く通ったのは相馬校長排斥運動のためであるが、その相手である相馬校長宅へも三回訪問している。平均すると、一週間に二回くらいの割合で小学校へ出入りし、学校関係者と関わりを持っていたことになる。

このように見ていくと、祝勝会記事の舞台になっているのが渋民小学校であり、「甲辰詩程」の中で啄木が頻繁に出入りしていた場所と重なっていることがわかる。

次は祝勝会記事の中に登場する人物に注目したい。開会の辞の小寺村長、祝辞の熊谷好摩駅助役は、村の名士の役割なので、発起人・有志が自由に決めるわけにいかない。この二人を除外して考えると、本題の祝勝演説は秋浜市郎、金矢七郎、伊五沢丑松、畠山亨と並び、当時啄木と近い関係にあった人物が務め、提灯行列の指揮もまた親しい友人である沼田丑太郎が担っていたことになる。祝勝記事の最初にある「渋民村有志」とは、ここに名前が挙がった人達だと考えることができる。「渋民村の祝勝会」で主要な役割を持って行動したのは、啄木を中心として集まった一団だったと判断される。

　これに対して、「甲辰詩程」に最も多く名前が挙がる人物は、金矢朱絃（七郎）である。啄木が金谷家を訪問したのは九回、そのうち三回は泊めてもらい、二回は夕食を御馳走になっている。盛岡へ出かけた朱絃を訪ねたことも二回ある。反対に朱絃が啄木を訪ねてきたのは一四回で、そのうち六回宿泊しており、手紙のやり取りも二回ある。泊りがけの場合は、翌日も一緒にいることになるので、啄木と朱絃は一月から四月上旬までの約一〇〇日の間に三二日も顔を合わせていたことになる。

　次に多いのが沼田丑太郎である。訪ねてきたのが一二回、啄木が訪ねて行ったのが三回、合計一五回登場する。

　畠山亨は、明治三九年の「渋民日記」の中に「畠山が一番―この村で一番学識もあり、理想もある男」と記されている。敵が多い渋民村の中で数少ない味方の一人であるが、啄木との付き合いは明治三七年に始まっていた。畠山は来訪したのは一回のみだが、年賀状を含み手紙のやり取りが五回あった。これらの事から、「甲辰詩程」の中に多く登場する人物が、皆祝勝会において重要な役割を担っていることがわかるであろう。

　伊五沢丑松は嘉永六年の生まれで、啄木よりも三三歳年長である。「甲辰詩程」には一度しか登場しない。当時、日戸尋常小学校訓導兼校長であったが、後に啄木が渋民を離れ北海道へ移住した時に、小樽から長文の手紙をもらったことで知られている。伊五澤丑松と啄木との出会いは、明治三三年から四一年までの間とされているが、詳細については不明な点が多く、今後の検討が必要である。しかし、小樽からの長文の手紙の最後には「火の如き熱誠なくんば一切の事土偶《でく》に等しからんのみ、人格の活火を以て子弟の心を焼き尽す程の精神なくんば、教育の実績到底期すべからず」と書き、故郷に残した教え子たちへの思いを丑松の教育的手腕に託している。丑松が小説「道」のモデルに使われていることなどを考慮すれば、明治三七年当時から彼の教育にかける情熱を啄木が高く評価していたと考えることができる。

秋浜市郎は文久三年の生まれなので当時四一歳であった。後に啄木が渋民小学校代用教員に採用された時の首席訓導であった。明治三七年にはすでに渋民小学校に勤務していたが、「甲辰詩程」にはまったく名前が出てこない。しかし、渋民小学校を舞台にしたと思われる四編の小説「雲は天才である」「足跡」「葉書」「道」の中には、老訓導として登場する。秋浜市郎は、渋民小学校代表の「渋民村の祝勝会」発起人有志とのパイプ役だったと解釈できる。この時代から親密な関係にあったのである。

以上の事がらと「渋民村の祝勝会」記事が岩手日報に掲載された経緯を合わせて考察すれば、この記事のほとんどは啄木が書いたものと考えて差し支えないだろう。啄木が書いた原文をもとに、岩手日報記者が記事に仕立てたと見るべきで、その記者が手を加えた部分は、記事の最後の「の由」位のものだと考えられる。

五　岩手日報社内の啄木人脈

盛岡中学四年、満一五歳の時以来、岩手日報には長い期間啄木作品が掲載され続けたが、そのきっかけを作ったのは主筆福士神川であった。中学中退後の上京で病を得て帰郷した年の明治三六年五月三一日からは七回にわたり「ワグネルの思想」が連載され、一二月一八、一九日には「無題録（一）（二）」、翌三七年一月一日には「詩談一則」が載った。この年に清岡等と啄木が初めて出会ったことについては前述したが、この場をお膳立てしたのもまた福士神川であった。清岡と初対面の二日前、すなわち一月七日に盛岡へ出かけた啄木は、阿部梅子の遺骨を拝し、夜になってから加賀野の神川宅を訪問している。日記には「年賀と病気見舞。雑談大に興あり。馳走になりて十時頃かへる」とある。この時に、神川は一〇日に掲載する短歌九首を作って明日九日に日報社まで届けるように頼んだのだろう。

その後、二月に入り日露戦争が勃発、三月三日から一九日まで八回にわたり「戦雲余録」が岩手日報に掲載された。また、四月二八日から五月一日まで四回にわたり、「渋民村より」を発表している。五月一日までの約四か月の間に、岩手日報は一七回啄木作品を掲載した。この時期、啄木と神川は一月から三月までの間に、年賀状を含み六回の書簡のやり取りをしており、その多くは、原稿の依頼や送付にかかわることであったと思われる。主筆の福士神川とはこれほど親密であったことに加え、主幹の清岡等とのつながりもでき、伊東圭一郎の就職の世話を依頼できるほどの間柄になっていた。当時の渋民村の住民の中で岩手日報社内にこれほど太い人脈を持っていた人物は啄木以外には見当たらない。

六　祝勝会情報はどのようにして岩手日報社にもたらされたのか

渋民村の祝勝会が行われたのが五日である。ここまで待っても清岡等からの返事はなかったが、祝勝会が終わるまでは、啄木自身も忙しく動きが取れなかっただろう。

祝勝会は夜九時半まで続き、小学校で万歳を唱えて終わったので、終了後その日は疲れてすぐ休んだと思われる。翌六日から、「渋民村の祝勝会」記事が掲載された九日まで三日間ある。啄木はこの三日のうちの一日を利用して、盛岡へ出かけ岩手日報社を訪ねたか、あるいは清岡等宛再々度の催促の手紙を書いたかのどちらかであろう。八月三日伊東圭一郎宛書簡にも出てくるように、この時期は、清岡が多忙を極めていることを啄木は良く知っており、盛岡へ行っても面会できるかどうかも分からないことや、啄木側の事情を考慮すれば、手紙を出したと考えるほうが妥当かもしれない。六日に書いて投函すれば遅くても八日に岩手日報社に届き、九日の記事に間に合う計算になる。この手紙の中で、啄木は再三にわたる伊東圭一郎の就職斡旋依頼をし、さらに、盛岡市民が熱望していながら時期尚早として見送られてきている祝勝会を、渋民村において自らが企画し盛大に行ったと誇らしげに伝えたのであろう。祝勝会の部分だけが切り取られ記事に使われたと考えることができる。

啄木は、七月下旬に書き送った手紙の一部を、清岡が「想起録」の最終回で使ったことにかなりの手ごたえを感じていたのだと思う。その自信のほどが、伊東宛八月三日の長い手紙に読み取れる気がする。「想起録」の連載が終わって四日後の二七日には、盛岡電気株式会社の創立総会が行われ、清岡は初代社長に選任された。実際に会社が発足し社長に就任するのは、それから約二か月後の九月である。しかし、その時期を過ぎても伊東の就職の話はいっこうにまとまらなかった。結局、今回も啄木の手紙は、本題の部分と切り離され、「渋民村の祝勝会」の所だけが岩手日報記事に使われただけで終わってしまい、伊東の就職は実現しなかったわけである。一度ならず二度までも裏切られたことになる。

この年の秋、上京を前に岩手日報を訪ねた際、清岡等は啄木を岩手日報に採用しようと思っていたと語ったという。明治四一年九月一六日の日記に、啄木は「三十七年の晩秋、（略）同社で予を入社させることに決めてゐたといふことを主筆と、清岡主幹から話され、ビックリしたつけ。主幹は頗る残念がつて、餞別を五円くれた。」と記している。この時の清岡等の言葉と五円という法外な餞別の裏には、伊東圭一郎の就職依頼の一件があったと考えるのは穿ち過ぎだろうか。

七　この記事の意味

㈠「甲辰詩程」を補完する資料

明治三七年の啄木日記「甲辰詩程」は、一月一日に始まり七月二三日で終わっていることはすでに説明した。それ以降、同三九年三月から書き始められる「渋民日記」まで日記がない。これまで日記の空白期間については、書簡他の手掛かりから啄木の消息を探し求めるほかなかった。今回取り上げた「渋民村の祝勝会」は、啄木が書いたものを基に岩手日報記者がまとめたものであるとすれば、「甲辰詩程」が終わった後の啄木の消息を伝える数少ない貴重な資料と位置づけることができる。「甲辰詩程」の中では語られることのなかった秋浜市郎、伊五澤丑松、小坂圓次郎らとの交流をはじめとして、以下の㈡に取り上げた渋民時代の啄木の置かれた立場や渋民村の人々との交わりについて考察し、㈢の日露戦争と啄木とのかかわりを論じる場合の重要な手掛かりになる。

㈡ 明治三七年八月時点での渋民村における啄木の立場

「渋民村の祝勝会」記事が掲載されてから一〇年後の大正三年一一月二〇日の岩手毎日新聞に、再び同じ見出しの記事が掲載された。啄木没後二年半後の事である。大正時代の祝勝会は、第一次世界大戦に日本が参戦し、東南アジアに進出してドイツ軍と戦火を交え勝利したことを祝うものであった。

●渋民村の祝捷會　△来衆一千盛賑を極む

岩手郡渋民村立尋常高等小学校同窓生一同は去る十五日を以て渋民村消防組在郷軍人会同窓会連合の同窓会兼祝捷会を渋民尋常高等小学校に於て開催したり来会者無慮一千名午前十

時を以て第一号鐘合図に一同入場し満場君が代を二唱し校長工藤伝三郎氏戊申詔書を奉読し同窓会長金矢光一氏開会の辞を述べ来賓金矢光春氏『忠実服業』を主題とし縷々数千言を費し夫れより工藤校長は戦時国民の服●すべき要点を縷陳して降壇するや会議に入り村長工藤千代治氏前年度における会務の全般を報告して承認を求め満場異議なく（略）

（文中の●字は判読不明）

一〇年ひと昔というが、明治三七年の日露戦争の祝勝会とは大きく様変わりしていることに驚く。明治の祝勝会は主催者が渋民村有志で愛宕神社例祭とセットになっており、提灯行列に集まったのが数千人であったのに対し、大正時代の祝勝会は、小学校同窓会、消防組在郷軍人会同窓会合同の団体組織による同窓会総会と祝勝会が抱き合わせの開催で、一千人が集まったことになっている。前者は君が代の後の祝勝演説が秋浜市郎、伊五沢丑松、石川啄木、小坂圓次郎、畠山亨、金矢七郎と多かったのに対し、後者は金矢光春と工藤千代治の二人だけである。後者は組織がらみで動いているので誰が全体の指揮を執っているかは明確でないが、金矢光春、光一親子が大きな力を持っていることだけは容易に読み取ることができる。

日露戦争の祝勝会で特筆されるべきことは、主要なプログラムである祝勝演説の部分である。ここにはほかの地域の祝勝会にはない巨大なエネルギーを感じとることができる。明治一〇年代に始まる自由民権運動が最も華やかな頃の演説会に押し寄せた盛岡市民の高揚感と共通する、激しく燃え滾るような力を内在しているように感じられる。

大正時代の祝勝会は、ほかの地域の祝勝会と似た内容の提灯行列、旗行列、余興という構成になっており、前者のようなエネルギーは完全に失われており、そこには村や学校の秩序に従って粛々と行動する穏やかな渋民村の人々の暮らしぶりを感じるのである。

明治三七年は啄木にとって希望の年であった。「甲辰詩程」は「地に理想天に大日の眩《は》ゆき世に眩ゆき／希望の春を迎へぬ」と歌い「それ希望は高し、大なり、広し。」で始まる。健康を回復し活力と自信に満ちあふれていた。三月末には周囲の友人知人学校関係者の力を結集して相馬徳次郎渋民小学校長排斥運動を展開し、平野喜平岩手郡視学宛に手紙を出すほどの力を持つまでになっていた。

五月六日から六月二〇日まで一か月の間に、詩集『あこがれ』の主要部分を占める作品群一三篇を集中的に生み出している。詩作以外には何もせず、周囲からは「ぶらり提灯」と噂されながら、大きな力を蓄えていたことがわかる。「渋民村の祝勝会」の指揮を執っていたのは啄木であり、記事の中に秘められている大きなエネルギーの源は啄木である。他のどの地域にもまねのできないレベルの祝勝会を計画し、盛岡に先駆け仲間を集め実行できる立場にこの時期の啄木があったことを、「渋民村の祝勝会」記事が如実に物語っている。

(三) 日露戦争とのかかわり

明治三七年二月八日に日露戦争が勃発すると、啄木は「予欣喜にたへず、新紙を携へて、三時頃より学校に行き、村人諸氏と戦を談ず。真に、骨鳴り、肉躍るの概あり」と一一日の日記に記し、意気高揚している様子がうかがわれる。その勢いを駆って「戦雲余録」を書きはじめ、三月三日から岩手日報の連載が始まり三月一九日まで八回続いた。

しかしながら、その後、時間が経過するにしたがい、日露戦争に対して懐疑的になっていく。従来の説では、この戦争に対して肯定的な考えから否定的な立場への変換点は、明治三八年九月五日の日露戦争講和条約調印後にあると説明されてきた。今回の「渋民村の祝勝会」記事の発見により、少なくても祝勝会が開催された八月五日までは日露戦争に対して肯定的であったことが明確になった。すなわち、日露戦争を筆の力で支援したのが「戦雲余録」だとすれば「渋民村の祝勝会」開催は、日露戦争勝利を祈願して実際に行動を起こしていたことになり、戦争に対して非常に積極的な姿勢を取っていたことの証しになる。

啄木の日露戦争に対するスタンスが大きく変化するターニングポイントは、八月五日以降に限定されることになった。それではこの時期から、日露戦争終戦時の講和条約調印までの間にどのような変化があったのか。日露戦争と啄木とのかかわりを考察するうえでの問題点の一つである。

第四章　結婚式前後の啄木謎の行動　仙台から好摩

はじめに

結婚式が行われたとされる明治三八年五月三〇日前後、約一週間の啄木の行動は不可解である。この期間の行動は啄木伝記中の大きな謎の一つである。この時期は日記も書かれておらず、友人宛の書簡も多くない。何よりも啄木自身が、事の顛末を明確にしようとしなかったように見受けられるからである。

塩浦彰は『啄木浪漫　節子との半生』（一九九三）の第六章「結婚前後」の冒頭で「詩集『あこがれ』を出版してのち、五月二十日に東京を発った啄木は、周知の通り仙台に立ち寄り、さらに三十日から六月三日まで行方をくらまし、六月四日花嫁の待つ盛岡の新居に入るという謎の行動をした。」と書き、謎の行動の解明を試みている。また、松本政治は「雲隠れ、諦めの旅」（一九八〇）の中で、五月三〇日に好摩駅に降り立った啄木が盛岡の新居に姿を現す六月四日までの足取りを推理している。しかし、両者ともに五月二九日に仙台を離れたとしておきながら、仙台を出てから好摩に姿を現すまでの行動については何の説明もしていない。

仙台から好摩までの足取りに関しては、清水卯之助（一九七八）の「時刻表に探る啄木空白の軌跡」

と、近藤典彦（二〇〇八）による「『あこがれ』の発行日と啄木の奇行」と題する論考があるが、何れも仙台駅発好摩駅着の列車時刻を推定しているだけで、なぜ盛岡を通り越して好摩まで行ったのかなど謎の行動の全貌には触れておらず、未解決のままである。

筆者は、岩手日報に掲載された啄木関連記事を探し求め論考を重ねているが、『あこがれ』の広告と「白三角」記事の発見を機に、結婚式前後の行動に関して再検討が必要だと考えるようになった。本稿は、岩手日報に掲載された『あこがれ』の広告と結婚式について論じ、続いてその後の謎の行動の解明に迫ろうとするものである。

一　仙台滞在と『あこがれ』の広告

啄木は、五月に詩集『あこがれ』を刊行後、仙台、好摩を経由して六月四日に盛岡市帷子小路八番戸藤原方の、現在「啄木新婚の家」と呼ばれている新居に姿をあらわした。本来は、処女詩集『あこがれ』が評判を博し爆発的に売れ、相当な印税を手にして故郷へ錦を飾ることを夢見ていた。現実は厳しく、詩集はさほど売れず、出版社からもらったわずかな印税もすぐに底をついた。盛岡では、三月末まで篠木尋常高等小学校で代用教員をしていた堀合節子が学校をやめ、結婚するために啄木を待ち構えていた。節子は結婚と同時に盛岡を離れて東京に移住することも考えていたようである。

しかし、啄木の帰還を待ち詫びていたのは節子だけではなかった。父一禎は宝徳寺を罷免され、母カツ、妹光子までが啄木の成功を期待していた。石川家一族の生活は、啄木の肩にのしかかっていたのである。生活のめどがまったく立たないまま、友人たちにせかされて東京を出発した啄木は、途中で仙台に立ち寄り一〇日近く滞在する。

五月一九日に東京を発って以来、啄木は自分の所在を、盛岡で待ち受けている人々に明らかにしていない。したがって、それ以降、盛岡で待ち受ける家族、節子、友人のもとに届いた啄木に関する情報は、二〇日から二三日まで岩手日報に掲載された『あこがれ』の出版広告のみであったと思われる。

岩手日報には、明治三五年から啄木が没した四五年までの一〇年間に数多くの啄木に関連する広告記事が掲載されているが、そのほとんどが無料で掲載された可能性が高い。その中で明らかに有料だったと考えられるのが『あこがれ』の広告である。

日程を遡って考えると、この広告の依頼は啄木がまだ東京を出発する五月一九日以前に掲載依頼をしている計算になるが、この時期の啄木に広告欄二段ぶち抜きの大きな広告を出す金銭的余裕があったとは考えられない。東京から盛岡に向かう旅費を友人たちから工面してもらっての旅立であった。そうだとすれば、高額の広告費用の出どころは、東京京橋区南大工町の出版元小田島書房か、盛岡市内の販売元小田島書店と考えられる。

啄木本人が所在不明のまま、宣伝広告のみが地元の新聞に掲載されたことに、周囲の人間は戸惑いを覚えたに違いない。節子、石川家の両親、妹も『あこがれ』の刊行が近いことは聞かされていたかもしれないが、当初の目論見通りに事は進まず、出版社からもらった金はあっという間に底をついていた事などまったく知らなかったに違いない。そのような状況の中で、待ち受けている家族と節子のもとに突然現れたのが『あこがれ』の広告記事だとしたら、事情を知らない人間にとっては朗報であると同時に大きな驚きだったことになる。誰しもが高額な広告料がどこから出たのかを考えるだろう。当時もっとも近くにいて啄木の動向を知っていた上野広一、佐藤善助だけでなく、伊東圭一郎などもこの広告にまったく触れていない。この時期の啄木の謎の行動を取り上げている塩浦彰、松本政治、清水卯之助、近藤典彦の誰一人として『あこがれ』の広告について書いていないのはどうしてなのか。私は不思議でならない。

塩浦彰は、『啄木浪漫　節子との半生』の中で石川・堀合家が六曜によって日を選んでいた事を婚約、結納の日取りから割り出し、明治三八年五月中の「大安」は六、一二、一八、二四、三〇であることから、一二日が結婚式に予定されていた最初の日だとしている。詩集『あこがれ』の製本が遅れ啄木が帰郷しなかったため式は成立しなかったが、堀合家からの要請で婚姻届けだけは父一禎によって提出されたと考察している。さらに「それ以降は伊東圭一郎の『人間啄木』に詳しいように、同じく事態を憂慮する友人たちによって啄木を呼び寄せる挙式の準備が進められた。日取りは何度か延期されたという説もあるが、おそらくその日は（略）『大安』の十八、二十四、三十日がそれぞれ予定されたであろう。そして、五月三十日の『大安』が最終の挙式予定日となった。」と推論している。

岩手日報四面の『あこがれ』の広告は二〇日から二三日まで三日間にわたり掲載されたものであり、石川家、堀合家共にこれを見て啄木がやっと姿を現し、二四日には結婚式を挙げることができると期待したのではないだろうか。結局二四日も空振りに終わり、残るは三〇日しかなくなり、止むなく花婿不在の結婚式が強行されたものと推定する。『あこがれ』の広告は三〇日に花婿が不在のまま執り行われた結婚式の引き金になっているような気がしてならない。

ただし、啄木側からの視点で考えると、仙台に着いてからは東京の金田一京助や小沢恒一には手紙を書いているが、盛岡にいる節子や啄木の両親、親しい盛岡の友人たちに一切連絡を取っていないことを考慮すると、結婚式が『大安』の日に予定され、花婿不在のために五月三〇日にずれ込んでいたことを知らなかった可能性も否定できない。

二　二度目の挫折

啄木は、盛岡中学を中退後に文学で身を立てる決意のもとに上京したが、体調を崩し帰郷した。健康の回復と気力の充実に長い時間が必要であった。最初の敗北と挫折から立ち上がる時に励ましと勇気を与えたのは岩手日報であった。執筆の機会を与えることにより手を差し伸べ、そのおかげで啄木は蘇り、詩作を始めたのは明治三六年秋以降からである。それ以来、一年の歳月をかけて作品を完成させ、詩集刊行のため上京したのが三七年一〇月末であった。前回の上京から二年の時が過ぎていた。上京後、出版にかかる費用を捻出するために奔走し、翌年五月に念願の詩集が完成した。最初の挫折を乗り越え、一年以上かけて詩作に励み、作品を持参して東京へ出てから半年かけて出版にこぎつけたのである。啄木の生涯で『あこがれ』の詩作と出版ほど長期間にわたって集中した事は他にはない。しかし、啄木の思惑は見事に外れ、盛岡に戻る旅費にさえ事欠く有様であった。『あこがれ』の詩作に要した時間が長く、出版にかけた意気込みが大きい程落胆も大きかったに違いない。啄木二度目の大敗北と挫折であった。

盛岡に居を構えてから岩手日報紙上で連載が始まった「閑天地」の中に、啄木は「落人」という言葉を再三使っているが、盛岡に戻ってから「落人」になったのではない。盛岡に戻る途中、仙台に立ち寄った時に、既に自らを「落人」と表現しているのである。「落人」を意識しながらも、まだ節子を連れて再度上京することを夢見ている。無謀な賭けに等しい行動だが、節子一人だけであれば、当初の計画通り二人で上京したのかもしれない。現実をまだ直視できずに、理想とのはざまでもだえ苦しんでいる。

ところが、現実の問題はさらに深刻であった。宝徳寺を罷免されて盛岡に居を構えた両親と、四月から女学校に入学した妹光子の生活の面倒までが啄木の肩にのしかかってきたのである。結局、自分の居場所を知らせることもできず、結婚式を準備して待っている節子、両親の前に顔を出せないくらい意気消沈していたと考えるほかはない。

啄木が五月二〇日に東京を離れ、仙台に着いてから自分の所在を知らせた書簡として知られているのは、小沢恒一と金田一京助宛のものだけである。佐藤善助や上野広一の所へ節子が再三泣きついているところを見ると、盛岡で今や遅しと待ち受けている節子や石川家に対しては、何の連絡もなかったと解釈できる。すなわち、節子と石川家に伝えられる啄木情報は、上野広一、佐藤善助からのもの以外になかったことになる。東京を出発してからの啄木の行動を見ると、盛岡には行きたくない、盛岡を避けたいという意識が作用しているのは明らかで、ここから啄木の苦悩の源泉が何であったかが明確になる。節子と同様、石川家に対しても消息を絶っていたのも同じ理由による。啄木の大きな悩みは、節子と結婚して所帯を持ちながら、両親と妹光子の扶養をどうするかという問題に直面していたということである。啄木はこれまでの人生最大の挫折と試練に直面していた。この時のことを後年啄木は次のように記している。

　二十歳の時、私の境遇には非常な変動が起つた。郷里《くに》に帰るといふ事と結婚といふ事件と共に、何の財産なき一家の糊口《ここう》の責任といふものが一時に私の上に落ちて来た。さうして私は、其変動に対して何の方針も定める事が出来なかつた。

（「弓町より」食ふべき詩〈二〉）

この時、啄木は問題解決の糸口を見出すことができず、何の見通しもつかないままに彷徨い思い悩むだけであった。仙台での恥知らずで傍若無人なふるまいをどう解釈すればよいか。偽の手紙を書き土井晩翠夫人に金を届けさせる寸借詐欺を働いたうえ、旅館の宿泊料まで払わせた詐欺の上塗り行為などとても正気の沙汰とは思われない。完全に常軌を逸している。すなわち、異常な精神状態のまま仙台を離れた前後の行方が良く分からないということになるのである。

三　現実逃避の旅

友人たちが止めるのを聞かず、啄木はなぜ仙台に立ち寄り一〇日間近くにもおよぶ長逗留を決め込んだのか。土井晩翠から金を借りるためにひと汽車だけと言いながら、『あこがれ』の出版を素直に心から祝福してくれる友、小林茂雄、猪狩見龍らと再会し旧交をあたためた。初対面にもかかわらず、晩翠は啄木を家に招き入れ歓待してくれた。晩翠に対しては「『あこがれ』の原稿料を書店から送って来るのを仙台で待っている」と言っている。啄木の当初の目論見は見事に成功したように見える。伊東圭一郎、吉田孤羊をはじめとして、多くの啄木研究者は仙台から盛岡にたどり着くまでの行動を金策のためだと論じているが、果たしてそうであろうか。金策のために仙台で約一〇日間、仙台から盛岡まで約一週間彷徨い続けていたとする従来の考え方を再検討してみたい。

当時の日本を代表する詩人として名声を博していた土井晩翠のところからでさえ、これからの生活費を賄えるほどの大口の金を引き出すことはできていない。一〇日近く滞在したにもかかわらず、晩翠以外には借金の依頼をした形跡は残されていない。仙台での行動を資金調達だとする考え方は根拠が薄いのではないか。『あこがれ』出版のために、原敬や当時の東京市長尾崎行雄にまで資金援助を依頼したという啄木である。本当に金目当てであれば、仙台に加えて盛岡でもっと確実に資金援助をしてくれそうな相手を探し求めたと思われるのだが、その形跡は認められない。

仙台での一〇日間が金策のために費やされたのではないことを示す明確な証拠がある。晩翠夫人から一五円を受け取った後も啄木は仙台を離れようとしなかったことである。この問題については次の四節で詳しく説明する。

啄木は、盛岡中学を中途退学して以降これまで一度も仕事に就いたことがない。自らが働いて報酬を得た経験が皆無である。『あこがれ』出版を目指して東京へ出た後も、生活費を得るために働いた経験もなければ、出版にかかる費用を捻出するために仕事を見つけようとしたこともない。そんな若ものが、自分たち夫婦二人と両親と妹の生活費をどのように賄うかという問題を急に突きつけられたらどうなるのか。唯なすすべもなく途方に暮れていたというのが実情ではないだろうか。したがって、この旅は表向きは「『あこがれ』刊行祝の凱旋の旅」、実際は「現実逃避の時間稼ぎの旅」という事になるのではないか。

これより四年後の明治四二年四月に始まるローマ字日記の中で、啄木は「死だ！　死だ！　私の願いはこれ　たった一つだ！　ああ！」（原文ローマ字）と書いている。自分の生計を立てることも容易ならず、父母を含む一家を扶養する責任を感じて重圧を覚え、その責任からの開放を求め死を考えた。すでに渋民小学校、弥生小学校で代用教員を経験し、さらに函館日日新聞から北門新報、小樽日報、釧路新聞と続く新聞社勤めのあと、東京朝日新聞に職を得ていた時期のことである。収入もこれまでの中で最も多かったはずである。死にしか救いがないと考えたのはこの時が初めてだっただろうか。もっと前にもあった可能性はないだろうか。

無職で収入のあてがまったくない啄木の肩に、両親と妹そして節子を含む一家の生活を扶養する責任が覆いかぶさった時期の最初は、『あこがれ』出版直後のことであり、この時期に啄木は「死」を考えたとしても不思議はない。仙台で「わかば衣」を書きながら、啄木の心はどこへ向かおうとしていたのか。晩翠夫人を偽の手紙を書いてだまし、旅館に金を届けさせたあたりの啄木は、自暴自棄になり死をも意識していたのではないだろうか。

五月二九日夜の大泉旅館を最後に行方をくらました啄木が、次に姿を現したのは好摩駅であった。五月三〇日好摩より上野広一宛書簡は以下の通りである。

友よ友よ、生は猶活きてあり、
二三日中に盛岡に行く、願くは心を安め玉へ。
　三十日午前十一時十五分
　　好摩ステーシヨンに下りて　はじめ
上野広一様

上野広一宛葉書は、啄木書簡の中でもよく知られたものの一つであるが、この時期の啄木の行動を考察するうえで極めて重要である。「生は猶活きてあり」の意味は何か。啄木が死ぬことを意識していたなどと考察した研究者はこれまでになかった。さんざん迷惑をかけた上野広一にあてた葉書としては人を食った内容だとする考えもあるようだが、この言葉は啄木自身が「死ぬことを考えたが生きることに決めた」という明確なメッセージと受け止めるべきではないだろうか。それほどまで追い込まれた啄木の悲痛な思いを、これまでなぜ斟酌できなかったのか。当時、啄木が放った大言壮語や、まことしやかな手紙の数々に惑わされた周囲の人間が、虚勢の裏側に隠された啄木の弱さ・本音に気づかなかったからではないのか。他の多くの研究者もまた同様で、この時期の啄木が生と死のはざまでもがき苦しんでいたとは思いもよらなかっただろう。

仙台滞在時に書いた「わかば衣」には、「この世界いづこか我が家ならざる、行かむとして行き、帰らむとして帰るに、一身軽き棚なし小舟」、「我がふるまひを埒なしと、人は笑はゞ笑へ、罵らば罵れ」という言葉があり、また、盛岡にたどり着いてから岩手日報に連載を始めた「閑天地」には、「嵐の海をたゞよひ来し破船の見覚えのある岸の陸に入るが如く、我見の櫂を折り、虚栄の帆を下し」と書いている。

さらに、この時期の啄木の心情を如実に現している言葉がある。「黄草集」江畔雑詩の詞書である。少々長いが重要なので以下に示す。

かくて今年の五月、―杜鵑、閑古鳥など、ふるさとを思ふたづきのいと多き五月とは成りぬ。遂に余は、東都の詩人社会に対する抑へがたき厭悪と不満と、又切実なる人生惨苦の涙とを胸に蔵して、とある晩、人知れず都門を脱し、孤雲瓢々、みちのくの古巣の空に流れぬ。あはれ、人知れず！　当時の余の、いかによるべなき敗荷一葉の身なりしよ。消えむとして消えもえせず、沈まむとして沈みもえせず、とばむとして飛びもえせざる冷たきいのちの玉の破片を心に秘めて、かくて今の新しき生活の第一日に、別に心に決したる所もなくして足を踏み入れたり。

石川啄木全集第二巻の「解題」（岩城之徳一九七九）によれば「黄草集」の作品は『あこがれ』の詩風を継承し発展させたもので、記載の仕方・内容、また、巻頭に「黄草集目次」がつけられているなどの事から第二詩集として計画されたものであり、また、目次に記入された作品名が第一章「さすらひ心」の「古苑」より第三章「江畔雑詩」の「野の花」までであることから、「野の花」が作詩された明治三八年一一月一七日を過ぎた間もない時期に作られたと考えられている。恐らく「江畔雑詩」の詞書もこれに合わせて書かれたものと判断される。

さらに、この時期の啄木の行動がわかり難い理由は他にもある。仙台の大泉旅館を出てから好摩駅にたどり着くまでの日時が曖昧で、その時期の行動すべてが闇に包まれているからである。

著者は上野広一宛書簡を次のようなメッセージだと考える。

死を考えることはやめた。『あこがれ』出版を祝ってもらう旅を続けるために好摩駅に下りた。

終わり次第第二三日中に盛岡へ行く。

この葉書は、啄木の決断を意味しており、夢の続きの二幕が終わったら盛岡に向かい、現実の生活に戻るという意志表明であろう。この時、葉書は何通書かれたのであろうか。もう一通は仙台の晩翠宛、節子のもとにも似た内容の葉書が届いた可能性も考えられる。

仙台では死線をさまよっていた啄木が、大泉旅館を離れる決断をして好摩駅に降り立つまでの間、どこかで死ぬことを思いとどまったのだ。ターニングポイントはどこか。死の淵から啄木を救いだしたものは何だったのか。

四　五月二九日

結婚式前後の啄木の足取りを整理すると、以下のようになる。

五月二〇日　仙台着

岩手日報四面に『あこがれ』広告掲載（二四日まで）

二八日　夕刻土井晩翠宅へ偽の手紙を届け一五円借用

二九日　夜晩翠宅へ大泉旅館の宿泊代支払いをしてもらうための使いを送る

三〇日　好摩駅から上野広一宛葉書を発送

六月　四日　盛岡市帷子小路八番戸藤原方に姿を現す

二九日の大泉旅館までは所在が確認できる。問題はこの後である。ここから先の所在と行動が不明である。

五月二八日夕方、啄木は「大至急願用」と書いた手紙を大泉旅館の番頭に持たせて土井宅に送り付けた。

本日着いた十歳になる妹の手紙を封入しておきますから御覧下されて小生の意中をお察し下さい。旅費のない為に、私にとって大恩ある母の死に目に万一会われぬとでもいう様な事にでもなれば実に千載の憾みです。原稿料のくる迄十五円お立替え願いたい。（『人間啄木』土井八枝夫人の回想）

という事が書いてあり、粗末な藁半紙二枚一杯に片仮名の鉛筆書きで一〇歳の妹が書いたように捏造した手紙を添えていた。晩翠は留守中で、驚いた八枝夫人は人力車を呼び大急ぎで大泉旅館へ駆けつけ一五円を届けた。啄木は「二人の医専の制服の学生と三人で酒を飲んで、真赤な顔をして大声で何か面白さうに話して」いたという。一五円の寸借詐欺に成功した啄木は翌日二九日の夜、第二の矢を放った。

お母様の病気の事は毛頭疑いませんから、その夜か翌朝に出立せられることとのみ思つておりましたら、翌日の夜八時ごろ、旅館の番頭が私方へ参り、『今石川さんがお立ちになります、宿泊料はお宅でお払い下さるとのことですがよろしいですか』といって参りました。『汽車賃といっても二円だから幾分か宿泊料の方へも払えるはずだ不足の分は取りにおいで』といってやりました。翌日宿屋から勘定をとりに来ましたが、八円七十銭でした。（『人間啄木』土井八枝夫人の回想）

前日、偽の手紙を書いて土井夫人をだまし一五円捲き上げることに成功したのであるから、翌日には旅館を引き払うものと誰しもが思う。

夜八時になって旅館を引き払うというのも奇妙な話である。夕食も済んでしまってからの事であろう。前日、晩翠から借りた金一五円を手にしてもなお啄木の行き先は決まらなかったことになる。金策のために仙台に立ち寄ったのであれば、首尾よく金を手にすることができた訳であるから、二九日朝早くに仙台を離れても良さそうなものである。夜になってもまだ行く当てもなく悩み続けていたと思われる。これこそが今回の行動が、単なる金策ではなかった事の大きな証である。急に慌てふためいて宿泊代を精算し旅館を飛び出さなければならない理由は何か。二九日夜に一体何が起こったのか。この後、啄木は大泉旅館を引き払ったのであろうか。そのままもう一泊した可能性はないのか。その後二九日から三〇日朝まで、啄木はどこでどのように過ごしていたのか。五月二九日夜から、好摩駅に降り立った五月三〇日までの行動に焦点を当ててみることにする。

五　日本海海戦大勝利の報

これまで啄木の結婚式前後の謎の行動と日露戦争日本海海戦大勝利の報とのかかわりについて触れている研究者は多くない。松田十刻著『26年2か月　啄木の生涯』（二〇〇九）は、明治三八年の啄木の足跡を日露戦争の経緯に関連付けて説明している数少ない書物であるが、なぜか日本海海戦大勝利の報とのかかわりについては、「バルチィック艦隊が断末魔を迎えていたとき、啄木は仙台を発ち、行方をくらます。三日間、どこで何をしていたかわからない。」としか書いていない。松田十刻の他には、塩浦彰が「日露の戦勝は、すなわち詩人の人生における高揚的勝利でもあった。」と述べているのに対し、清水卯之助は「啄木が日露大海戦の勝報を何処でどのような心境で聞いていたのか知りたいものである。」と書いているのみである。

仙台を離れた啄木が次に好摩駅に姿を現すのは五月三〇日であることはすでに説明をしたが、仙台をいつ出発したかについては二つの説がある。松田十刻は二八日説であり、塩浦、松本、清水、近藤説は二九日である。問題は土井八枝夫人の回想にある「ある夕方、主人が不在で私が入浴中大泉旅館の番頭が持ってきた手紙、それに『大至急願用』とあるのに驚いて女中が風呂場へ持って参りました」に始まる偽の手紙を受け取った日の特定に関わっている。八枝夫人の回想はこの後、前章で引用した「お母様の病気の事は」以下へと続く。

『あこがれ』出版前後の事情は、伊東圭一郎の『人間啄木』が最も詳しいが、この中で伊東は「二十八日に偽の手紙を同封して」晩翠宅へ届けさせ一五円をだまして借り「啄木が仙台をたったのは五月二十九日夜八時」だったと記している。二九日説の三人は出典を示していないが、何れも伊東説に従っていると考えられる。普通は宿代の支払いを済ませたところにまた居座ることは考えにくいので、二九日夜に大泉旅館を引き払ったと考えるのが常識的だろう。すなわち「ある夕方」が二七日とするのが松田説であり、二八日とするのが塩浦らの説ということができる。

著者は塩浦らの二八日説をとる。理由は以下の事による。

日露戦争の帰趨を決定づけた日本海海戦に関わることになるバルチック艦隊がリバウ軍港を出航したのは、前年明治三七年一〇月一五日である。バルト海を経て大西洋に出て二手に分かれ、一方は地中海からスエズ運河を経由して、もう一方はアフリカ大陸西側を南下、喜望峰を経由してインド洋を目指した。当時の軍艦は石炭補給の必要な蒸気船であり、水兵と武器弾薬を満載した戦時体制でヨーロッパからアジアへ回航するのは前代未聞の難事業であった。翌三八年一月一日、旅順要塞が陥落したためバルチック艦隊の目的地はウラジオストクに変更される。五月九日にインドシナカムラン湾で、第二・第三艦隊が合流して北上、五月一四日にフィリピン北部に到達した。リバウ軍港を出てから半年以上かけて目的地のウラジオストクに接近した艦隊の航路は、①対馬海峡から日本海を抜ける、②太平洋を北上し津軽海峡を通り日本海に抜ける、③太平洋側を北上し宗谷海峡から日本海に抜ける三ルートが想定された。②は日本側が機雷を仕掛け封鎖を厳重にしており、③は航行航路が長くなり、日本本土の沖合で石炭補給が必要になるため、東郷平八郎は対馬海峡ルートを通ると予測して主力艦隊を配備していた。

日本海海戦は五月二七日に始まった。

五月三〇日、岩手日報二面に「◎一大快報（敵艦撃沈）（司令官以下捕虜三千）」と報じられた東京電報は、二九日午後四時四分東京発になっている。日本連合艦隊側の哨艦が済州島沖でロシア艦隊が来るのを発見したのは二七日午前六時であった。敵艦隊が対馬海峡東水道を通過するのを待ち、日本海海戦は午後二時に始まった。戦闘は夜になっても終わらず、翌日朝を迎えてもなお続けられた。日本連合艦隊の勝利が東京の司令部に伝えられ、各新聞社に電報が送られるまで、丸一日以上を要したという事になる。同じ欄に、続けて「公報」として「二八日の海戦で四隻降服、一三隻撃沈、六隻捕獲」、さらに「露艦の降伏（二十九日午後一時五十四分）」という見出しで「戦艦一隻白旗を揚げ岩見の国沿岸に到着との電報あり」と報じられている。

さらに重要なことは、これらの大勝利を伝える記事の最後の部分である。括弧書きで「（以上昨日号外再掲）」と記されており、この記事は前日のうちに号外として市中にばらまかれていたことを示している。啄木は二九日の夕方から夜の間にこの号外を見たのではないか。ただし、その号外をどこで見たのかが問題である。伊東圭一郎、塩浦彰らの仙台発二九日夜説に従えば、号外が発せられた時、啄木は仙台にいたと考えるのが普通である。

五月三一日、岩手日報三面には「●海戦勝利と当市」と題して「大海戦勝利の報一昨日当市に

二面上段で大きく日本海海戦大勝利を伝える岩手日報記事
(明治38年5月30日)

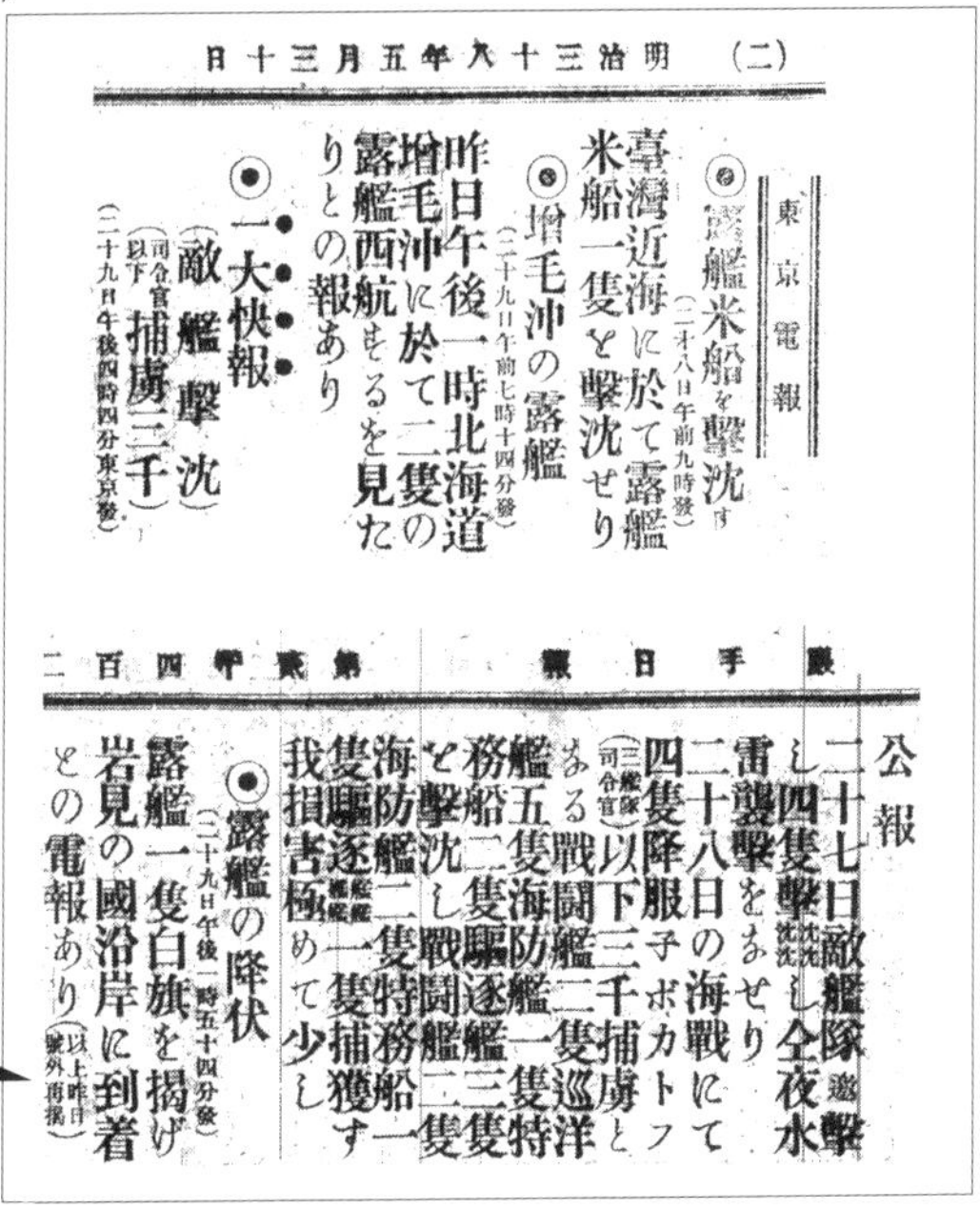

上段記事の拡大
記事の末尾に「以上昨日号外再掲」とあることから、この記事は前日の29日に号外としてばらまかれていたことがわかる。

着するや各新聞社は号外を発ししかも本社にては前後二回詳報せるが市民は昨日も戸毎に国旗及球燈を吊るして祝意を表したりと」という記事が載っている。気の早い人間は号外を見てすぐに国旗を飾り万歳三唱をしたに違いない。同様の事を啄木が仙台で見ていた可能性は濃厚である。

二九日夜まで、啄木は思い詰めていたのだと思う。日本海海戦大勝利の報に触れ、生きる希望が湧いたのではないか。決心をしたのはこの夜の事であろう。死ぬことを考えるのは止めにして、もう一つ夢の続きを見て節子と家族のもとへ帰るために大泉旅館を引き払うことにしたのではないだろうか。

土井家に遣わした番頭の返事は、宿代は晩翠が払ってくれるということである。宿の支払いの心配さえなければ、翌日早朝までの時間はそのまま大泉旅館で過ごせばよいことになる。清水卯之助、近藤典彦ともに二九日夜に大泉旅館を出たという前提に立っているので、翌三〇日午前一一時七分好摩着に合わせるための苦しい説明を余儀なくされている。清水は、仙台発午後八時四七分の三二一列車に乗り、一関で途中下車し、駅前旅館で一夜を明かし、翌日朝八時一一分に同駅を出る三二二列車に再乗車した可能性を想定している。一方、近藤は「大泉旅館を出て岩手自治寮にかくまってもらい、翌朝五時三八分仙台発（三二二列車）に乗る」と推定している。また、森義真は『啄木の親友　小林茂雄』（二〇一二）の中で、二九日夜大泉旅館を出た啄木は、仙台医専在学中の小林茂雄の同級生鬼川俊蔵を訪ね一夜を明かし、翌朝三二二列車に乗ったと推論している。森説の根拠になっているのは、鬼川俊蔵が昭和一四年になってから年賀状に印刷して知人に送った自作の短歌という作品である。森は明治三八年五月二九日に啄木が大泉旅館を出たという前提に立っているが、この歌と二九日夜を結び付ける証拠はまったく示されていない。二九日夜は夕食も済みこれまでの滞在費用は晩翠が払ってくれるという確約を取り付けているのである。夜八時をはるかに過ぎて慌てて大泉旅館を引き払う理由が見つからないのである。

著者は三〇日早朝仙台発三二列車で好摩駅に向かったとする説には同意するが、二九日夜も大泉旅館にとどまり、もう一泊した可能性が最も高いと考える。

これまですべての研究者が、啄木が大泉旅館を引き払った時刻を二九日夜八時以降と捉えて論考を重ねているが、それは大きな誤りであろう。啄木は日本海海戦大勝利の報を知り我に返ったのではないか。日露戦争開戦時に、「骨鳴り」「肉躍る」と書き、その半年後に「渋民村の祝勝会」を村の有志の先頭に立って成功に導いたことを思い起こし、今その希望と夢が現実のものとなったことに感動したのであろう。生きる望みと勇気を与えられたのだと思う。啄木は夜八時以降になって、生きる決心をして仙台を出立するつもりになったのであろう。夜八時以降は大泉旅館を引き払った時刻ではなく、二度目の挫折から立ち上がる決断をした時刻を示していると考えるべきである。そこで急遽大泉旅館の番頭を晩翠宅へ遣わしたのだと思う。

啄木は日本海海戦大勝利の報に救われたと言えるのではないか。翌日、好摩駅で書いた葉書が「生は猶活きてあり」であった。

平成三〇年二月一七日午後、私は仙台市内の図書館を訪ねた。これまで調べた日露戦争関連の記事は、岩手日報を始めとする盛岡で見ることのできる新聞のみであった。啄木が目にしたと思われる仙台市内の新聞は日本海海戦の大勝利をどのように報じていたのか。この時発した号外は、存在するのかを調査する目的であった。啄木が「わかば衣」を持ち込んだ東北新聞は存在せず、河北新報を見ることができた。

残念ながら、明治三八年五月二九日に仙台市内にばらまかれたであろう号外を発見することはできなかった。二九日午後、仙台市内が騒然として沸き立った様子を伝える記事は、三〇日付五面の最上段に掲載されていた。

●祝捷大会

敵艦隊全滅の公報達したるに依り当市にては例に依り官民連合の祝捷大会を来月二日午後二時より公園地桜ケ岡に於いて挙行す尚同夜午後六時頃より祝捷提灯行列をも行ふべし其挙行方法は目下協議中なる以て決定次第掲載す

●市中の光景（敵艦隊の全滅）昨日午後敵艦隊全滅我海軍大勝利の公報伝はるや市中は恰も狂せん斗《ばか》りの歓呼にて各戸国旗を掲げて空前の全勝を祝したり

図書館での調査を終え駅に向かう途中で、私はこの日、仙台市内で号外のビラが撒かれたことを知った。平昌オリンピックフィギュアスケートで羽生結弦選手が金メダルを獲得したことを報じる号外であった。

六　夢の続き　第二幕

啄木が盛岡を通り越し好摩駅に降り立った目的は何か。伊東圭一郎（『人間啄木』）を始めとしてほとんどの研究者は、仙台に始まるこの時期の行動を金策のためと結論づけている。しかし、啄木自身が金策と書いたことはなく、仙台では土井晩翠以外に金を借りに歩いた形跡がない。晩翠から一五円を引き出すまで時間がかかり過ぎている。また、首尾よく金を手にした後もすぐには動こうとしなかったことから、金策以外の目的を考えざるを得ない。前節で論じた通り、生死の境をさまよっていた啄木を死の淵から救い出したのが日本海海戦大勝利の報だったことを考慮しながら、ここから先の行動について再考が必要であろうと思われる。

仙台と盛岡の間にあって、次に訪ねたい相手として真っ先に啄木の脳裏に浮かぶのは、黒沢尻小学校に勤務していた伊東圭一郎であろう。前年『あこがれ』刊行のための詩作に励んでいた時期に最も頻繁に手紙のやり取りをしていた友人の一人である。体調を崩し磯鶏小学校を辞めて盛岡の実家に戻っていた伊東を気遣い、啄木は就職の世話までかって出ていた。秋には伊東が渋民を訪ねている。その後、上京する途中、節子を伴い黒沢尻へ立ち寄り、伊東の勤務先である黒沢尻小学校を訪れた。伊東の黒沢尻小学校勤めも長くは続かず、半年余りで代用教員生活に見切りをつけ退職、前の月四月には上京していた。伊東がまだ黒沢尻小学校に勤務していたら間違いなく北上に立ち寄ったことであろう。

日露戦争が始まって間もなく、啄木は岩手日報に「戦雲余録」を書いた。そこには、のちに社会主義に関心を抱く啄木からは想像できないほど好戦的な内容が書かれている。さらに、開戦から約半年後の明治三七年八月五日、啄木は、村の有志を募り「渋民村の祝勝会」を企画し、自ら祝勝演説を行い提灯行列の先頭に立った。しかも、その様子を啄木が岩手日報に書き送り記事として掲載されたこと、および、その時のことを盛岡にたどり着いてから連載を始めた岩手日報の「閑天地」我が四畳半の中で紹介していることは前章で説明した。渋民村の祝勝会は、開戦間もない戦況が一進一退の、まだ勝つか負けるかわからない状況の中で開催された祝勝祈願と呼ばれるべき会であった。

日本海海戦で世界の海戦史にも例のないような一方的な大勝利を収め、それが大々的に報じられて日本中が一気に興奮の渦に巻きこまれたことが、ここから先の啄木の行動の背景にあると著者は考えた。日露戦争を決定づける大勝利である。号外を目にした仙台市民の興奮した様子を目の当たりにして、啄木は明日にでも旗行列や提灯行列が全国各地で繰り広げられると直感しただろう。一〇か月前の「渋民村の祝勝会」には数千人の人が集まった。

啄木と共に渋民村の有志の一員として祝勝会を計画し祝勝演説を行った金矢朱絃、畠山亨はどうしているか。今回はどれほどの規模の祝勝会が催されるのか。啄木は行って見たいと思ったのではないか。

それに加えて、刊行されたばかりの『あこがれ』を見てもらいたい友のいる場所が渋民である。『あこがれ』ほど長い期間集中して作品創作に邁進したことは、後にも先にもなかった。『あこがれ』が刊行された今、仙台よりも先に行きたい場所が明治三六〜三七年に親しく交わった友人達のいる渋民村だったのではないか。

そしてもう一つ、生きると決めた以上、一家の生活をどのように立て直すか。一禎が罷免されたという宝徳寺の状況はどうなっているのか。自分の目で確かめておく必要性を感じた事だろう。すなわちここでの目的は明確であろう。渋民に行き、①前年八月に行った「渋民村の祝勝会」が今回はどうなるのかを見たかった、②友人たちに会い『あこがれ』を手渡して祝福してもらうこと、仙台での夢の続き第二弾、そして、③宝徳寺問題を探ることの三点が考えられる。父一禎が宝徳寺を追われ一家の生活の基盤がまったく失われた貧しい村とその周辺で、まとまった金を用立ててくれそうな人間がいたとは考えにくいからである。

第五章　岩手日報「白三角」記事の中の啄木

はじめに

明治三八年六月一一日付岩手日報三面の上段にある「白三角」というコラムに次のような記事が載った。

千編一律的に毎日〳〵同じことを繰り返している編輯局の寂寞を破ツて此頃打ち続いて三個の珍客がやツて来た何れも希望に満ちた青年である△甲は石川啄木で乙は平塚澄で丙は田中館金村である△啄木は青年詩家の新進として夙に頭角を斯界にあらはし其の錦心繍腸《きんしんせうてふ》をば多年本紙に寄てるのだから大方の人は知て居るであらう△渠《かれ》は進修の門戸に向ふべく客歳上京して盛んに同好の士と徴逐した結果『あこがれ』と題する一篇を刊行したのだ洛陽の紙価為に高しとまではいかないが兎に角斯界は好評を以て之を迎へるのである△僕は有体に云ば斯新体詩なるものに充分の趣味を持て居らんのだから思ひ切た批評も出来ないけれども繙読一番すると何とはなしに人情の琴線に触れる様な句にも往々出くはすのだ之が眇《べう》たる（も失敬じやが）一青年の筆致か言廻しかと思へば真個に後世可畏の感に打れざるを得ない△渠は

今突如として帰去来を賦した曰くさ『東京はホコリだらけで仕やうがないから帰ツて来ました』と成程詩人の云草だ渠は神秘的田舎の幽境にあツて自然と接触して飽迄造化の霊光を歌はんとするのであらう現に第一面にある『閑天地』は渠が入郷匆々《そう〳〵》の俤《おもかげ》である△只《ただ》此上は『太陽』記者の顰《ひん》に倣ふ譯でもないけれども二十歳で天才三十で凡俗の人たらざらんことを渠に規して置くのである（略）

ここに示した「白三角」の中に啄木を叱咤激励する一文を見つけ、私は衝撃を受けた。

前章において、仙台から好摩にいたるまでの結婚式前後の謎の行動を、日露戦争日本海海戦勝利の報と関連付けて論じたが、この記事は、行方不明であった啄木が盛岡の新婚の家に姿を現して間もなくのものである。明治三八年は、啄木日記が書かれておらず啄木全集第七巻所載の書簡の数も多くない。このため啄木の消息を知るための貴重な資料と考えることができる。

この記事もまた、岩手日報特有の啄木消息記事の一つである

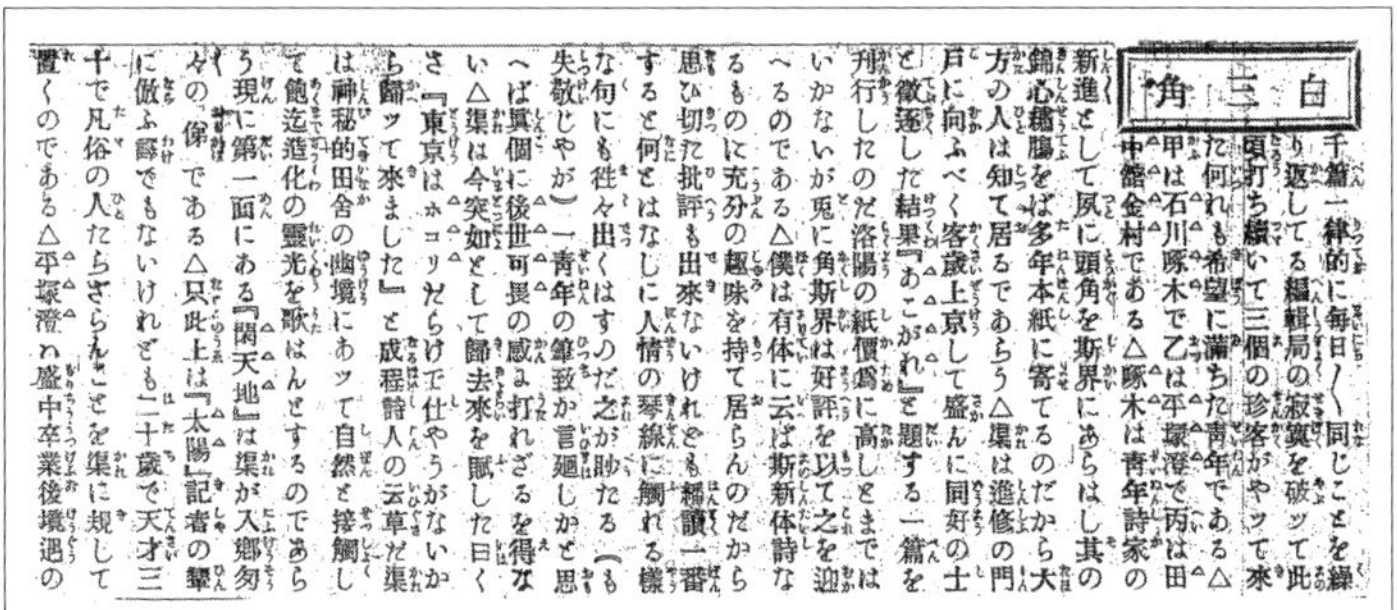
白三角

千篇一律的に毎日〳〵同じことを繰り返してる編輯局の寂寞を破ツて此頃打ち續いて三個の珍客がやツて來た何れも希望に滿ちた青年である△甲は石川啄木で乙は平塚澄で丙は田中館金村である△啄木は青年詩家の新進として夙に頭角を斯界にあらはし其の錦心繡腸をば多年本紙に寄てるのだから大方の人は知て居るであらう△渠は進修の門戸に向ふべく客歳上京して盛んに同好の士と徵逐した結果『あこがれ』と題する一篇を刊行したのだ洛陽の紙價爲に高しとまではいかないが兎に角斯界は好評を以て之を迎へるのである△僕は有体に云ば斯新体詩なるものに充分の趣味を持て居らんのだから思ひ切た批評も出來ないけれども稱讃一番すると何とはなしに人情の琴線に觸れる樣な何にも從々出くはすのだ之が助たる（も失敬じやが）一青年の筆致か言廻しかと思へば眞個に後世可畏の感に打れざるを得ない△渠は今突如として歸去來を賦した曰くさ『東京はホコリだらけで仕やうがないから歸ツて來ました』と成程詩人の云草だ渠は神秘的田舎の幽境にあツて自然と接觸して飽迄造化の靈光を歌はんとするのであらう現に第一面にある『閑天地』は渠が入郷匆々の俤である△只此上は『太陽』記者の顰に倣ふ譯でもないけれども二十歳で天才三十で凡俗の人たらざらんことを渠に規して置くのである△平塚澄れ盛中卒業後境遇の

岩手日報 明治38年6月11日 三面上記事「白三角」

が、これまで一度も取り上げられることがなかった。岩手日報に掲載された『あこがれ』の広告や、「渋民村の祝勝会」記事がまったく知られていないことと合わせて不思議なことである。

ここではこの記事の背景を説明し、続いて記事から読み取れる事がらに触れ、白三角を岩手日報社の誰が書いたのかを論じたい。

一　この記事の背景

この日の一面上には「閑天地」と題した啄木評論が掲載されている。第一回目の「閑天地」は九日の三面に載ったが、第二回目からは一面の上段を占めるようになった。

「閑天地」の掲載が始まって三日後に冒頭に示した「白三角」記事が現れたことになるが、それまでの経緯は前章で説明した通りである。

五月二九日夜、大泉旅館を最後に姿を消した啄木が、盛岡市帷子小路八番戸藤原方の、現在「啄木新婚の家」と呼ばれている場所に姿をあらわしたのは六月四日の事である。

六月三日の岩手日報三面は「○当市の祝捷彙報」と題して▲学校連合行列の見出しで「昨夜（二日）盛岡高等農林学校、県立師範中学農学工業学校、盛岡高等小学校の連合提灯行列を催ふせり」▲城南小学校は「本日午前八時職員先導生徒一同旗行列をなし同校より出て六日町呉服町へ八幡町より山王町を経て天神山に至りて同所にて万歳を唱え諸種の遊戯ある由」▲当市民大祝勝会は「本日午後七時桜山神社境内に集合し関市長の式辞に次いで万歳を唱え式後市中提灯行列ある筈」

の記事が並び、盛岡市以外の県内で催される祝勝会についても詳しく報じている。
翌六月四日の「白三角」の出だしは次のようになっている。

一昨日も昨日も今日も明日も朝から昼、昼から夜にかけて快報到達以来の盛岡は旗と提灯と万歳と歓呼と行列と集団との盛岡になった。△慶賀祝捷到るところに繰り返されて青葉の森も公園の茂みも東巷も西街も活気躍々の人を以て充たされざるはない有様である。

五月二九日に二度の号外が発せられた後の盛岡の様子をうかがい知ることのできる記事である。二九日夜は仙台市内が騒然となったことは前章で説明したが、盛岡市内も同様であったに違いない。六月六日の岩手日報には「●当市の祝捷会」という見出しで盛岡市の官民挙げての祝捷会が当初は三日に予定されていたが降雨のため翌日に延期されたことを報じた。四日は朝から「快晴眞の日本晴れ」で、午後六時には会場になった旧城址（後の岩手公園）には、一万余人が集まり式の後七時半から一〇時過ぎまで提灯行列が続いたとある。行列の先頭には喇叭楽団がおり終始吹奏し諸所にて万歳を唱えたと伝えている。啄木は祝捷会で旗・提灯行列にわき、万歳三唱に明け暮れる盛岡に舞い戻ってきた訳である。

盛岡に着いてから数日後、啄木は五月に出版された『あこがれ』を持って岩手日報社を訪ねたと考えられる。九日に「閑天地」（一）が掲載されたことから逆算すると、遅くても前日の八日には原稿が新聞社に届いていなければならない。八日に岩手日報を訪ねたと仮定すると、その場で第一回目の原稿を書いたことになる。七日以前に連載開始の話がまとまらなければ、九日連載開始には間に合わない。

啄木全集第四巻所載の「閑天地」には、「(十七)我が四畳半(八)」と「(十八)霊ある者は霊に感応す」との間に、「『閑天地』は九日?の夕よりかき始められしなり。」というあとがきがあるが、連載中の岩手日報の記事にはなかったものである。この全集末尾の岩城之徳、昆豊による解題には「一回目と七回目の短い〝まえがき〟と十七回目と二十一回目の〝あとがき〟とは、この新聞切抜き帖にあとで啄木が注記したものである。従って、この部分は初出紙にはなかった。」と記されている。「閑天地」連載終了後、七月以降のどこかで切抜き帖が作られたものと解釈される。冒頭の前書きには「明治三十八年六月〜七月。帷子小路八番戸より。加賀野磧町四番戸まで」とあり、加賀野磧町に移転後に記録されたことが明確だからである。六月九日は、一回目の「閑天地」が掲載された日であって、原稿が書かれた日ではない。掲載されたのは「九日」だが、原稿を書いた日が不確かなので「九日?」と、啄木は「?」マークを入れたものと解釈される。

一回目の「閑天地」には、二回目以降のものとははっきり違っている点が認められる。ここだけにルビがない。一回目の原稿を持参して手渡した時点でルビがないことを指摘され、それ以降はルビを入れたものと解釈できる。「閑天地」(一)が掲載された日は、三面の「白三角」が載っていない。通常三面上は「白三角」記事で占められているが、この日はそこに「閑天地」が初登場したのである。いつもの「白三角」記事の半分にも満たない二三行の「閑天地」序文に相当する極めて短いものであった。

なお、一九八〇年発行の『石川啄木全集』第四巻の「閑天地」は「あとがき」部分が削除されており、巻末にある解題には「本巻では『岩手日報』に発表されたままの形で誤記のみ訂正して収録した。」と記されている。

岩手日報を訪ねた日と連載を依頼された日が近かったため、相当忙しく原稿を書かされたのだと想像される。恐らく六月七日に岩手日報を訪ね、その場で「閑天地」連載が決まり、第一回目の原稿は慌てて家に戻り夕方から書き始めたと想像される。一回目だけが極端に短い理由も十分な時間を与えられなかったためだと解釈すれば辻褄が合う。岩手日報を訪ね、記事連載を依頼され、自宅に戻り夕方から「閑天地」（一）の原稿を書き上げ、翌日新聞社へ届けたと考えるべきである。

第二回以降は、第一回よりもはるかに長く、掲載場所も二面から最も見やすい一面上に移った。「閑天地」（二）（三）、すなわち「（二）落人ごころ」「（三）落人ごころ（つゞき）」は八日までに書かれ、九日に二回分一緒に岩手日報に届き、それぞれ一〇、一一日に掲載されたと考えることができる。「（三）落人ごころ（つゞき）」の最後には（未完）と記されており、まだ完結していないことを示しているからだ。一三日の「閑天地」もまた（三）となって（三）が重複しているが、これは岩手日報記事のほうが誤りで、全集では（四）に訂正されている。一三日掲載の「閑天地（四）落人ごころ（つゞき）」は一一日夜までに書かれ、一二日に届けられたものであろう。最後に（此項をはり）と記されている。「閑天地（五）世の教育者よ」は一二日夜に書き上げたことが（五）の最後のカッコ書きからわかる。一三日に新聞社に届けた原稿が一四日に掲載されたものであろう。

二　岩手日報の誰を訪ねたのか

東京を離れてから半月以上の放浪生活の末、盛岡に戻って三日後の七日、真っ先に岩手日報を訪れ啄木が会いたかった人物は誰か。

啄木が訪ねたその日のうちに「閑天地」連載を即決できる人物として考えられるのは二人しかいない。一人は主幹の清岡等、もう一人は主筆の福士政吉（神川）である。清岡等については第四章でも説明したが、明治三七年一月一〇日が初対面である。同年夏、友人の伊東圭一郎の就職を頼んだことにより何度か手紙のやりとりがあり、そのうちの一通が岩手日報記事に使われ、啄木全集に収録されている。伊東の岩手日報入社は実現しなかったが、この年の秋、詩集刊行のため上京直前に岩手日報を訪問した際、啄木を岩手日報に入社させることを決めていたと主筆と清岡主幹から言われ、ビックリしたと後年の日記に書いている。その時、清岡は五円という大金を餞別としてくれ、その後、清岡が上京した際に日本橋の西洋料理屋でご馳走になり、この時も盛岡に戻って入社してくれるよう頼まれたという。

清岡からの岩手日報入社の再度の要請に対して、「空想家の子は、中央文壇の生活といふことを二なきものと思つて」応じることはなかった。翌年二月、岩手日報の社屋は隣の盛岡電気会社から出火した火災により延焼した。その時の事を思い出し、啄木は「同社祝融の災にかかつたと聞いて、行かずに可いことをしたと思つた（略）三十八年の六月の初め、盛岡に帰つて見ると、社は県庁裡から大手先へ曲つたところの、モト車屋だつた家に在つた。それはそれは汚い所。」と書いている。

前章で結婚式前後の謎の行動を金策のためとした従来の考え方を批判して、あてもなく彷徨い続けていたと結論したが、盛岡に戻ってからの啄木の行動にも積極的に金を借りに歩くとか生活を立て直すために就職活動を始めたという形跡が認められない。岩手日報主幹の清岡等が啄木を採用したいと再三言ってくれているのだから、節子を含めた石川家の生活を盛岡で再建することを考えたら、一日も早く岩手日報を訪ね借金や就職の依頼をしそうなものであるが、そのような行動をとった形跡がない。この年の二月に隣の盛岡電気会社からのもらい火で焼け落ち、「汚い」建物に移転していた岩手日報には、最初から入社を依頼する気などなかったかもしれない。

明治四一年九月一六日の日記に、岩手日報とのかかわりについて啄木は次のように書いている。

三十四年の頃、日報社は呉服町の川越といふ酒屋の隣りにあ［つ］た。主筆はその時から神川福士政吉氏、（略）最初の関係は怎してついたか、今は思出せない。その頃予は中学の四年。確かその年だと思ふ、〝寸舌語〟とかいふ題で、天外らの写実小説についての評論を一段半許り書いてやると、翌日の新聞に二号標題で乗《ママ》つてゐた。（略）三十五年の初刷には、白羊会同人の詠草を載せた。その正月の八日（?）に予が発起で、多賀の一料亭で〝文庫〟誌友会を開いた時、その広告は福士氏に頼んで無代で三日許り載せて貰つた。

　啄木作品が岩手日報に最初に取り上げられたのは、明治三四年一二月三日の白羊会詠草である。〝寸舌語〟が掲載されたのは明治三五年三月一一日と一四日の事であるので、ここは啄木の記憶違いである。「最初の関係は怎してついたか。今は思出せない」と書いているが、岩手日報との関係は福士神川との縁に始まることは明白である。この日記の後に「三十六年の二月病を負うて渋民に帰り、少し研究したり思索したりした結果、五月頃（?）〝ワグネルの思想を論ず〟といふ言文一致の論文を毎日一回分づつ書いて送つて、出した。」とあるが、岩手日報に執筆の機会を与え啄木の再起を促したのは神川の計らいである。啄木が岩手日報主幹の清岡等と初対面した時のお膳立てをしたのも神川であった。以上の事から、六月四日に岩手日報を訪ね啄木が真っ先に向かったのは編集局の福士神川主筆の所だったと考えることができる。

三　白三角

　岩手日報三面のコラムは、明治三七年一月から四月一〇日まで「對岳漫筆」というタイトルであった。四月一〇日の日曜日を利用して社屋が移転した事をきっかけに、このコラムの名が「なにやかや」に替わった。「なにやかや」は、約半年間続くが一〇月七日で終わり、その後目まぐるしく変化した。「黄菊白菊」（一〇月一三日から）、「燈火爐邊」（一一月一五日から）、「居鬼蘇人」（翌三八年一月六日から）、「是是非非」（一月八日から）となった後、一月二〇日から「黒三角」が始まった。黒三角の筆者が誰であるかは、現在のところまだ不明であるが、「是是非非」の筆者と同一人物であることが、文体と内容から推定できる。西欧や、特にロシアの人物評が克明で、海外の情勢に精通している筆者であることがうかがえる。「是是非非」がいったん中断した後、「黒三角」が始まるまで五日間の間があるが、「黒三角」の第一回目の冒頭に「図らずも病魔軍の奇襲に出逢つてコ、三四日と云ふものは僕が守備線（？）に属したる本城を明けて置いた。」と書いているので、作者は体調を崩していたものと思われる。「黒三角」は二月四日で終わることになるが、これには次の二つの事が関係していると考えられる。一つ目が「黒三角」執筆者の健康状態であり、二つ目が岩手日報社の火災である。二月五日、岩手日報三面には盛岡電気株式会社の出火と岩手日報の類焼広告が掲載され、その下に出火の模様が記事として掲載されている。「黒三角」と二月二八日から始まる「白三角」の間に「忙中小言」「忙裏小言」というタイトルで三面上のコラムは続けられているが、明らかに「黒三角」の作者と異なった文体で記されている。岩手日報火災を機にコラムニストが交代したと考えられる。

明治三八年一月一一日の「是是非非」に県内の主要な人物二一人の名前が示されており、▲知と才とに於いては鵜飼節郎、北田親、三田義正ら▲義と仁においては清岡等、大矢馬太郎、一ノ倉貫一等▲真個の好漢として七人の名があげられている。▲真個の好漢の最後が新渡戸仙岳と福士政吉であり、福士政吉の後に、（ハクション…誰だいくしゃみをするのは…）と括弧書きがついているところから、「是是非非」「黒三角」までの筆者は、新渡戸仙岳、福士政吉以外の人物であることが明らかである。

また、「黒三角」が「白三角」というタイトルに替わったのは、以下の事情によるものと推定される。「忙中小言」まで長い間使用していた文中のつなぎに使用する▲印が、二月二四日のコラムからは突然△印に変化した。二五、二六日と三日間続いてしまいそこで間違いに気づいたが、今さら元の▲に戻すわけにもいかないので、コラムのタイトル自体を「白三角」と替えてしまったものと推定される。これ以降この年の一二月二九日まで「白三角」が続くことになるが、文中ではすべて△印が使用されている。

四　「白三角」記事の意味

前章でも繰り返し指摘した事ではあるが、啄木は詩集『あこがれ』の詩作と刊行準備のために、上京した期間を含め一年半以上の歳月を費やした。彼の生涯でこれほど長きにわたり一つの事に集中したことはなかった。奮闘努力は報われず、詩集は思ったようには売れず金にはならなかった。詩集発刊にかけた期待が大きい程失望も大きかったに違いない。これほどの挫折はかつてなかったことである。それほど大きな挫折から啄木を救い出し勇気づけたのがこの記事である。二度目の大きな挫折から立ち直るきっかけを与えたのが、「閑天地」の連載開始と「白三角」記事だった。

　この記事では、甲乙丙三人の珍客中で最有望株として啄木を紹介し期待を寄せている。しかも、ただ単に期待しているだけでない。最後には「二十歳で天才三十で凡《ただ》俗の人たらざらんこと」と叱咤激励しているのである。

　盛岡に姿を見せたばかりの啄木に即座に「閑天地」連載の話を持ち掛け、しかも、岩手日報の一面の最も見やすい上段の紙面を与え、そのうえで冒頭の白三角記事を書いたのである。「白三角」冒頭の記述より、啄木が岩手日報を訪ねたのは「白三角」コラムニストに会うためであり、迎えた側も喜んでいることがわかる。「閑天地」の第一回目は「白三角」の記事が掲載されている三面上に載った。そこにも「白三角」コラムニストと啄木の強いきずなを感じることができる。

　以上のようなことから、冒頭に引用した六月一日の「白三角」記事は、九日から連載が始まった「閑天地」とセットになっていると考えるべきである。

　啄木は東京にいる時から節子を呼び寄せたいと思っていたし、仙台でも五月中には東京に戻るつもりでいた。五月二日に金田一京助にあてた手紙に「月末までには再び都門に入るつもり」と書いているので、仙台で何度か会って一緒に酒を酌み交わした小林茂雄にも同じことを言っていたに違いない。それが、盛岡に戻り「閑天地」の連載が始まって一か月後の六月一九日に小林茂雄にあてた書簡には、「小生はここに居る事と相成候」と書くに至った。

「閑天地」は七月一八日までの間に二一回にわたり連載された。連載の最中に磧町に転居することになり、引っ越しの挨拶まで岩手日報紙上を借りてやっていることは、第一章で説明した通りである。第一七回目の「我が四畳半（八）」に「我は昨日、その四畳半を去つて、一家と共にこの中津川の水の音涼しくも終夜枕にひびく新居に移りぬ。」とあり、この回の終わりのあとがきに、「その月二十五日、一家磧町に移りぬ。」と書いているので、十七回目の原稿は、引っ越しの翌日二六日に書かれたものが三〇日の岩手日報に掲載されたことがわかる。一回目を七日に書いてから二六日までの一九日間に一七回書いたことになる。新聞休刊日以外は連日「閑天地」が岩手日報一面を賑わした訳で、専属の新聞記者とまったく同様のペースで仕事に熱中し、執筆に邁進していた事になる。第一八回以降は磧町に引っ越した後に書かれたものである。七月に入り、啄木が体調を崩したため「閑天地」の連載は終わる。この間「閑天地」執筆に没頭し、いつの間にか節子を連れて上京するという最初の目論見も沙汰止みになってしまう。盛岡にいったん戻り節子と共に上京したいという最初の思いは、やがて変わっていったのである。

「閑天地」の連載を中断してから約一か月後の八月一一日、盛岡中学の後輩にあたる大信田落花が石川家を訪ねてきた。落花と三時間話し合いの末、文芸誌『小天地』を発刊することが決まり、ここから次の大きな目標に向かい猛烈な勢いで走り出すことになった。ここでも岩手日報は大きな役割を演じていた。『小天地』広告を無料で出すことにより後押しをしてくれた。これをきっかけとして、啄木は次のステップに向かって飛躍していったのである。盛岡での次なる新たな希望は『小天地』発行であった。

このようにして、啄木は二度目の再起を果たしたのである。一度目の挫折に続く二度目の挫折の際には、「閑天地」連載の機会を与えた上で「白三角」記事で啄木を取り上げ、激励したことが再起を促がす大きな力になったと考えることができる。盛岡中学中退後に上京して体調を崩し、翌年父一禎と共に渋民に連れ戻された時の挫折から立ち直るきっかけも、岩手日報に作品を載せたことであった。一度目の挫折から立ち直るのには、体力の回復とあわせて一年以上の時間が必要であった。しかし、今度の二度目の挫折から復活までの時間は短かった。このため多くの研究者は、死の淵に立たされていたという事に気付いていない。別の見方をすれば、啄木の切り替えの早さが並外れていたと解釈すべきかもしれない。ここでもまた、岩手日報は啄木を盛岡に引き留め、さらなる飛躍を促がすための重要な役割を果たしたと考えることができる。

『小天地』は、第一号が出ただけで後が続かなかったが、啄木は一年後には渋民に戻り、代用教員をしながら小説を書き始めることになった。人間啄木の成長と成熟には、まだまだ時間が必要であった。

五　帰郷の理由

この章の冒頭で引用した通り、岩手日報編集局を訪ね福士神川と半年ぶりに対面した時の啄木の言葉は「東京はホコリだらけで仕やうがないから帰ツてきました。」であった。啄木は開口一番、盛岡へ戻ってきた理由をこう表現したのである。「白三角」のコラムニストが、ありもしない作り事を書くはずがないので、啄木は実際にこのように口走ったのであろう。当時、啄木が好んで使っていたと思われる帰郷の理由は他にもあった。「閑古鳥の声を聴きたくて」というものである。啄木はこの二つを時と場合、また相手によって使い分けていた可能性がある。

金田一京助宛の仙台からの書簡の冒頭に「ふる里の閑古鳥聴かむと俄かに都門をのがれ来て」（五月二二日）と認めているほか、「閑天地」（二）「落人ご、ろ」の最初にも「このたびの我が旅、故郷の閑古鳥聴かんがためとも人に云ひぬ。塵ばみたる都の若葉忙《せは》しさ限りもなき陋巷《ろうかう》の住居に倦み果て、とも云ひぬ」と書いている。

現実の姿は、夢破れ生活のめども立たず行く当てもなく彷徨った末にやっと盛岡にたどり着いたのであり、「塵にまみれた都会暮らし」に飽きたわけでなく「郭公の声」を聞きたくなって帰った訳でもない。仙台から金田一京助に宛てた書簡には「月末までには再び都門に入るつもり」と書き、渋民では金矢七郎に「一週間ならずに上京する」と語っている。在仙中、小林茂雄にも同様の事を言い伝えていた事は、盛岡に着いてから二週間後に書いた手紙「小生はここに居る事と相成候、上京は見合せ也」（六月一九日盛岡より）を見ても明白である。心に秘めている事と口を突いて出てくる言葉には大きな隔たりがある。再三にわたり本音と違うことを口走っていることになり、この時期の啄木の行動を考察する際に注意を要する点である。

恐らく仙台では小林茂雄や猪狩見龍らへ、さらに好摩から渋民に向かいそこで再会した金矢朱紘、畠山亭らに対しても、憂いに満ちた啄木ではなく高笑いを交えた自信たっぷりの啄木を演じ続けていたと思われる。東京を出発してから二週間後の六月四日に盛岡に姿を現し、その後岩手日報を訪ねた際にも、啄木の強気な言動は変わることがなかったのである。「白三角」に記された啄木の「東京はホコリだらけ……」には、負けん気の強い当時の啄木の様子が如実に表現されている。

啄木の強気の発言、虚勢の裏側にある弱さを、当時の友人たちは誰一人として見破ることができなかったと思われる。友人の小林茂雄は仙台での一件について、「猪狩さんも私も啄木がそのように困っているとは知らずに、〝あこがれ〟の稿料がたくさん入ったので、おごってもらうつもりで、毎日のようにごちそうになっていたのだ」と土井夫人に語っており、二人はいとも簡単に騙されていたことが良くわかる。当時の友人たちのみならず多くの啄木研究者までが、この言葉の裏に隠されている啄木の本音、真の姿を見抜けないまま現在に至っているように思えてならない。

絶望の淵に追い込まれながら他人に対しては決して弱みを見せることはせず、強気の姿勢を貫き通しているといえる。啄木の性格が良く表れている。しかし反面、これが啄木の強さの根源であり、そういう啄木だから再起が早かったと考えることもできる。また今回の挫折の場合、回復までの時間が短かったゆえに、虚勢の陰に隠された啄木の本音が余計に見分けにくかったともいえるかもしれない。

六　「白三角」を書いた人物

最後に、「白三角」記事の著者は誰かを取り上げる。

岩手日報の中で、啄木とつながりの深い人物は三人いる。まず、第三章で取り上げた清岡等である。清岡は明治二七年に二代目の盛岡市長に就任、三四年秋に退任して一二月から岩手日報主幹になり自分で記事を書くこともあったが、当時は盛岡電気会社社長を兼任しており連日のように「白三角」を執筆することができたとは考え難い。

次の章でも詳細に取り上げるが、川並秀雄が『石川啄木新研究』（冬樹社）で指摘しているように、従来、啄木と岩手日報のつながりは、盛岡高等小学校長だった新渡戸仙岳との縁によるとされてきた。また、昭和四一年（一九六六）七月の「岩手日報九十年の歩み」（第5）に、日露戦争中の「社員は、編集局が福士政吉、新渡戸仙岳ら十人」とあるが、新渡戸仙岳が入社したのは、明治四一年五月一二日の事であり大きな間違いである。そのうえ、二〇〇一年九月に発行された『石川啄木事典』の「岩手日報」という項目の中でさえ誰が啄木との縁結びをしたのかを明確にしていない。新渡戸仙岳との縁により啄木作品が岩手日報に掲載されるようになるのは、仙岳が石巻女学校長を辞めて岩手日報に入社後、明治四一年秋一〇月一三日から一六日まで三回にわたり掲載された「空中書」以降の事である。今回取り上げた「白三角」記事は、新渡戸仙岳が盛岡高等女学校長の時代に書かれたものである。

啄木作品が岩手日報紙上に掲載され始めるのは明治三四年以降であることを考慮すると、その当時から岩手日報にいて啄木とつながりのある人物という事になり、残る可能性は福士神川ただ一人という結論になる。

第六章　啄木と福士神川

はじめに

明治四一年九月一六日の日記で、啄木は岩手日報とのかかわりについて細部にわたり思い起こしている。そこには、「此の新聞と予との関係も随分長い。（略）主筆はその時から神川福士政吉氏、その昔報知新聞が初めて懸賞小説を募集した時、村井弦斎が一等で此人が二等だつたといふ。埋れたる人の一人。武骨な、口下手な、肥つた人であつた。最初の関係は怎してついたか、今は思出せない。」と書かれている。

啄木日記にこのように書いてあるにもかかわらず、一五歳から二四歳になるまで数多くの啄木作品が岩手日報に掲載されたきっかけを作った人物が誰であったかについて、長い間明確にされてこなかった。

石川啄木事典の岩手日報の項目は一ページ以上の長いものであるが、神川についてはわずか五行で、「当時の『巌手公報』の主筆は啄木の日記にも出て来る漢籍に造詣の深い福士政吉（号神川）で、一八九〇年（明治23）に盛岡に文学グループ杜陵吟社が出来た時の世話人の一人である。」としか書かれていない。

本章では、神川の経歴を説明した後、なぜこのようなことが起こったのかについて、啄木との関係に触れながら考察してみたい。

一　川並秀雄研究

啄木日記をもとに、啄木と岩手日報との縁結びをしたのが神川であることを明確にし、神川の三男三郎ほかの協力を得て調査したうえ、啄木の未発表書簡とあわせて公表したのは、川並秀雄(『石川啄木新研究』冬樹社　一九七二)である。

川並によれば、福士政吉の本籍は、岩手県岩手郡御堂村大字五日市第三地割三九番地で、元治元年(一八六四)七月二九日生まれ。福士藤の養子となり、明治二五年一二月七日、松山マキ(明治四年一一月一一日生)と結婚。長男健太郎、二男真介、三男三郎、四男四郎、五男五郎、長女スヱをあげたが、大正元年(一九一二)九月三〇日、四八歳で病死した。

神川は、明治二〇年一一月に岩手日報の前身である岩手日日新聞に入社した。同年一二月一八日に「始めて諸君に渇す」という一文を掲げ、新聞記者としての抱負を語っている。

多田代三『岩手・新聞物語』(一九八七)によれば「福士の入社の経緯は明らかではないが、福士は東京遊学時代に郵便報知の懸賞小説に応募して入選、この小説は内藤藤松という主人公の名前をそのまま題名に用いた苦学生の立志伝だが、米国留学中の青春時代の新渡戸稲造をモデルにしたのではないかと郷里でも評判であった。また当時の岩手日日新聞の編集人坂牛祐直は、東京岩手学生会のリーダーだった中原定七（東京帝大卒、成立学舎校長）と親交があった。人材を求めていた坂牛の依頼に応じて中原あたりが文筆家の評判のあった福士を推薦したのではなかろうか」となっている。

神川は、翌明治二一年一〇月に筆禍に問われた坂牛の後を継いで岩手日日新聞の編集人となったが、同二二年六月に同紙が政党の機関紙になったのを嫌い再び上京した。その後、岩手日日新聞の姉妹紙として岩手公報が創刊され、やがて岩手日日新聞が廃止になった。東京で遊学中、これという仕事も見つからず欝々とした日々を送っていた神川に坂牛祐直から帰郷の誘いがあり、神川は勇んで故郷へ戻ってきた。同二三年九月二一日付岩手公報には、発行兼印刷人が福士政吉と記されている。同二四年一月には淡々居士のペンネームで「南野大吉」、二月に入り「いんふるえんざ」という小説を書いたこともあった。

二　啄木と神川の縁

啄木が岩手日報にはじめて投稿した作品は、白羊会詠草（一）「夕日の歌」六首で、明治三四年一二月三日に掲載された。啄木短歌が活字として世に出た最初のもので、盛岡中学四年（一五歳）の時であった。これに続き、一二月中に白羊会詠草（二）「花売りの歌」四首、白羊会詠草（三）「牧笛の歌」二首、白羊会詠草「舞姫の歌」一首、白羊会詠草（七）「煙の歌」一首、白羊会詠草「追悼の歌」三首が載り、翌三五年一月一日に入り白羊会詠草「新年雑詠」八首がいずれも石川翠江という名前で掲載された。

啄木の友人高野桃村（俊治）は「啄木と初めて会ったのは、盛岡の大清水多賀の水月亭の二階だった。当時（明治三五年一月）東京で発行されていた文芸雑誌『文庫』の誌友会が開かれた。どうしたわけか啄木が主催者の様であった。出席者は三、四十人ぐらい。啄木はそのころ盛岡中学四年生で白羊会を主宰しており、私は岩手師範で幽薫会を牛耳っていた。」と語っている（『人間啄木』伊東圭一郎）。

啄木自身は明治四一年の日記の中で「最初の関係は怎してついたか、今は思出せない」と書きながら、それに続いて「（明治三十五年）正月の八日（？）に予が発起で多賀の一料亭で〝文庫〟誌友会を開いた時、その広告は福士氏に頼んで無代で三日許り載せて貰つた」と書いている。第一章でも触れたが、「無代で載せて貰つた」という岩手日報掲載の広告記事を確認することができた。大清水多賀で「『文庫』誌友会が開催されたのは間違いない。啄木作品が最初に岩手日報に掲載された時期は、明治三四年一二月上旬で、文芸雑誌『文庫』の誌友会が開催された三五年一月のわずか一か月前と極めて近いことから、この時期に啄木は福士神川と知り合ったと推定することができる。福士神川は会って直ぐに啄木の並はずれた才能に気づいたかもしれない。

同年一月一一、一二日には「麦羊子」という名で「『草わかば』を評す」、三月には四回にわたり「白蘋」の名で「寸舌語」、五月には三回にわたって「五月乃文壇」などの批評を投稿している。さらに、六月にはハノ字と称し「『ゴルキイ』を読みて」「夏がたり」を書いた。この年の秋、盛岡中学を中退した啄木は文学で身を立てるべく上京したが、体調を崩し翌三六年二月に帰郷を余儀なくされた。夢破れて失意のどん底にあった啄木に執筆の機会を与え、再起を促したのが岩手日報であった。

明治三六年五月三一日から六月一〇日まで七回にわたり、「石川白蘋」の名で「ワグネルの思想」という評論を掲げている。さらに、この年の暮れ一二月一八、一九日に掲載された「無題録」という随筆から啄木名を使い始めている。三七年一月一日には「詩談一則」と題した、野口米次郎の英詩集「東海より」の書評が掲載された。これらの数多くの作品の掲載の陰に福士神川が関係していた。

明治三七年元旦には福士政吉にあて年賀状を送った。その直後、一月七日に阿部松子を弔う目的で盛岡へ行った際に、啄木は神川宅を訪ねている。啄木日記には「夜（略）福士神川氏を加賀野なる宅に訪ひて、年賀と病気見舞。雑談大に興あり。馳走になりて十時頃かへる。」とあるので、この時神川は体調を崩し新聞社を休んでいたことがわかる。その際に歌を作って持参することを約し、翌々日九日、岩手日報社を訪問した際に清岡等と対面することになった。この時届けた歌は、「雑吟」と題し一〇日の岩手日報に掲載された。これ以降、啄木と清岡等との間に手紙のやり取りがあり、啄木書簡が岩手日報紙上に取り上げられたり、『あこがれ』刊行のため上京する前に岩手日報を訪れた際に餞別をもらい、さらに清岡が上京した際にも面会し食事を御馳走になったりする関係になった。そのようなきっかけを作ったのは神川だという事になる。

この後、一月一六日には渋民から日報社福士政吉宛に手紙を書き送っている。一月一九日には「西伯利亜の歌」という長詩が掲載されているので、この書簡に作品が同封されていたものと考えられる。一月二四日には「憐牛会に就て」という紹介文を二回にわたり発表した。

二月一〇日、日露戦争宣戦の詔勅が発せられ、新聞各紙に掲載されたのが一三日のことである。この日の夜、神川に宛てて啄木は手紙を書き送っている。二日前の啄木日記は日露開戦の報を受けて「予欣喜にたへず、新紙を携へて、三時頃より学校に行き、村人諸氏と戦を談ず。真に、骨鳴り、肉躍るの概あり」と興奮しているので、神川宛の手紙の内容は次に始まる「戦雲余録」の構想を伝えたものと推定することができる。これに対する返信は、一六日に届いた。日記には「早朝福士政吉氏の端書に接す。（略）夜郵便局にゆき福士氏へ返信出す」とあるので「戦雲余録」執筆の了解が得られたものと思われる。第一回目の原稿は三月一日に発送された。このようにして、随筆「戦雲余録」は三月三日から一九日まで、八回にわたり岩手日報の一面上に掲載された。連載初日の日記の最後は、「この日より〝戦雲余録〟日報に掲げそむ」である。七日の日記に「日報へ戦雲余録連載」、八日には「福士政吉氏より来翰」一六日には「〝戦雲余録〟日報へ連載」とあるので、「戦雲余録」連載中頻繁に連絡を取り合っていることがわかる。

「戦雲余録」連載が終わって一週間後の二六日と三〇日、啄木はまた神川宛に手紙を書いた。次に書く随筆の構想を伝えたものと思われる。「渋民より」という候文体の随筆は、四月二八日から五月一日まで四回にわたって掲載された。

第三章で取り上げた「渋民村の祝勝会」の記事は、この年の夏八月九日に岩手日報に掲載されたものであるが、これもまた主筆である福士神川の承諾なしにはあれほど大きな記事にならなかったと考えられる。

この後『あこがれ』刊行のため上京することになるので、啄木作品は岩手日報から消える。

前章で取り上げたように、『あこがれ』を持って盛岡へ戻って以降の「閑天地」掲載、「閑天地」休載中の転居広告記事、そして八月四日から一五日までに七回にわたる「岩手師範学校校友会雑誌を読む」の連載、これに続く『小天地』発行の際の長期間にわたる広告記事の掲載などは、神川の存在なくして考えられないことである。明治三九年一月一日には、啄木と共に『小天地』に関わった小笠原迷宮、大信田落花がそれぞれ一ページをもらい長詩「厨川柵詩」と小説「龍膽花」を発表しており、節子までが「白命遺稿をよみて」を書く機会を与えられている。啄木は随筆「古酒新酒」を書き、このページの下段に自分の年賀広告まで入れてもらった。この時初めて二円の原稿料を手にすることができた。

「古酒新酒」を最後に、約二年半にわたり啄木作品は岩手日報から姿を消すことになる。従来、岩手日報と啄木のつながりは盛岡高等小学校時代の校長新渡戸仙岳との縁によるものと考えられてきたが、ここまでは仙岳ではなく神川との縁で掲載されたものであることを確認しておく必要がある。

明治三九年三月初旬に渋民村に戻った啄木は四月から渋民尋常高等小学校の代用教員に採用さ

れ、教員生活を続けながら「雲は天才である」「面影」などの小説を書き始めた。故郷での代用教員生活は約一年で終止符が打たれ、翌明治四〇年五月、啄木は北海道へと旅立った。これ以降、啄木と神川は疎遠になったように見える。特に明治四一年に新渡戸仙岳が岩手日報に入社してからはその感が強い。しかし、神川と啄木の縁はこれで終わったのではない。もう一つ大きな関わりがあったことについては最終章で取り上げることにしたい。

岩手日報に再び啄木作品が掲載されたのは、函館、札幌、小樽、釧路の順に北海道を一回りして、再び上京後の明治四一年一〇月の事である。一布衣という署名の「空中書」（一）～（三）からが、新渡戸仙岳との関係により岩手日報に啄木作品が掲載された最初のものである。そこに至った経緯についても次の第七章で詳しく論じることにする。

日記や書簡をもとに、岩手日報に掲載された作品との関連で啄木と神川の関係を見てきた。啄木が最も頻繁に神川と連絡を取り合い、彼の世話になっていたと考えられる時期の日記、手紙類の記述はどれもみな短い。ところが、本章の冒頭で引用した明治四一年九月一六日の日記だけが例外で特別に長い。これはどうしてなのだろうか。この日の長い日記の最初と最後にその理由が示されている。

三四日前から毎日送つてくる岩手日報、今日から全然体裁が変わつて、活字も新らしく、気持のよい新聞になつた。（略）去る十三日、内丸の焼跡の新築へ移つたのだといふ。

社屋新築と同時に活字も新しくなり、見やすい新聞になった。これを連日、新渡戸仙岳が送ってくれたのである。岩手日報に最後に作品が掲載された三九年正月から二年半以上の時が過ぎており、神川とは疎遠になっていた。しかし、新しくなった岩手日報を見て若き日のことを鮮明に思い出したのであろう。あとにも先にも、これほど長く神川の事を日記に書いたことはない。翌一七日には、神川に宛て葉書を出している。代用教員生活を経て北海道に渡り、約一年間道内を渡り歩き新聞社勤めで苦労を重ねたことが脳裏に浮かび、自分を育て世に出してくれた恩人へ感謝の気持を伝えようと思ったのかもしれない。

一九六八年初版の『啄木全集』第七巻書簡の中には、福士神川宛のものは一通も収録されていない。しかし、日記の中から拾い上げていくと、ここまでの間、明治三七年元旦の年賀状以来、啄木は少なくても六回は福士にあてて書簡を送っていることになるが、これらはいずれも散逸してしまったと思われる。このほかに、川並秀雄の『石川啄木新研究』によれば「(福士三郎の)記憶に残る長い巻紙に毛筆で書いた借金依頼状、しかも金とは書かないで〇として、金額は数字ではなく、たぶんいくらでも、という意味の手紙もあった」という。同書第四章「石川啄木と福士神川―啄木未発表の所感を中心に」の最後には未発表葉書三通が記されている。

この未発表書簡は、新資料として一九七九年初版の『石川啄木全集』第七巻書簡の追補として収録された。

川並秀雄の『石川啄木新研究』で三通の未発表葉書が明らかにされたことにより、福士政吉の名が『石川啄木全集』第七巻の解題と人名索引の中に初めて記されることになった。二人の間で交わされた最後の書簡が、つぎの神川宛年賀状である。

昨年中は殆どまる一年病床に打過し候ため、先生に対しても日報に対してもとんだご無沙汰仕り、何ともお申訳無之候

四十五年一月一日

東京小石川区久堅町七四ノ四六号　石川一

福士政吉様

この年四月に啄木が逝き、元号が大正に変わってすぐに神川が亡くなった。

三　福士神川の人物評

明治四三年四月一四日から始まる岩手日報掲載「●長所一百人」の中に自社の関係者が三人含まれている。四五人目に岩手日報記者新渡戸仙岳、六七人目が清岡等（岩手日報主幹・盛岡電気会社社長）、そして岩手日報主筆福士神川は九四人目に登場する。この連載の執筆者十八公は、明治四〇年四月に神川が上京した際、岩手日報社主坂本安孝が催した向島の花見の会に招かれていた。十八公はここで神川と会っており、その様子を当時の岩手毎日新聞に面白おかしく報じている。

同じ新聞人として旧知の仲なので、神川の紹介は簡潔に良くまとめられている。

婉麗の筆絢爛の文、日報紙上常に春花匂ひ霜葉輝き来るもの十余年、加るに時勢を観、世俗を察するの眼ありて頃今の筆致頗る穏健老熟を効《いた》す、性括淡にして利欲に迂く識内外に通して批判に敏なり、杜陵の地幸いにして張旭を失はす、切に自愛を祈る

一方、明治四三年一〇月「日本及日本人」の「佐藤北江と渋川玄耳」によれば、「北江（真一）は盛岡の人、彼は何等の学歴を有せず、只伯父川上東厳に就いて多少漢学を修めたるのみ、幼にして文を属するを好み、岩手日々新聞に入りて、コピーエヂターとなりたるは、彼が新聞界に投ぜる第一歩なりき、当時同僚に福士神川あり、詞藻学殖人格夐《はる》かに彼の上にありしかば、彼は神川と比肩雁行せんとするも力及ばず、痛恨涙を呑で上京し、めざまし新聞社に入れり、めざまし新聞改題して東京朝日となりたるも、彼は依然勤続し、二十余年一日の如く、矻々として恪勤以て今日あるを致せり、彼が競争の相手たりし神川は、真坊にして江戸の記者たるを得ば、乃候の如きは優に帝都の文壇に雄飛するを得べしとて、上京したるも其処を得ず、鬱々として郷に帰り、材木商となりて忽ち失敗し、再び觚を操りて岩手日々の後身たる岩手日報を幹しつつあり。神川の文、艶麗にして絢爛、その毎日岩手日報に掲載する無題録の如きは、絶倫の好文字、北江輩の到底及すべきものにあらざるも、拠居する舞台の相違は、二人の境遇に著しき懸隔を生じ、独り

北江をして名を成さしめたり、吾人北江が得意の色を見る毎に神川を聯想して転た同情の念を禁ずる能はず。」とあり、神川の新聞人としての力量を知ることができる。

この「佐藤北江と渋川玄耳」の中に出て来る「無題録」は、明治四一年九月一五日から始まった岩手日報二面下のコラムである。前々日の九月一三日付岩手日報三面に本社新築落成式の告知があり、「一三日をもって内丸中学校向元本社跡へ移転、活字全部新調」とある。新築された社屋への移転に伴い一五日からは以前よりもはるかに見やすい活字に変り、同時に「白三角」以降「よせがき」「編輯局より」と続いてきたコラム名を一新し「無題録」が始まったのである。執筆者は神川である。「無題録」の掲載が始まってからおよそ二年後に、『日本及日本人』の「佐藤北江と渋川玄耳」を目にした神川は、明治四三年一〇月二〇日の「無題録」後半に次のように書いている。

（略）▲近刊の日本及日本人が其の八百八街一町二人に於て東朝の佐藤北江と渋川玄耳とを月旦している▲とまでは無事だが、読みもて行くと、些《ち》と僕に取りて、真如の海に浪たつことが書き出されてある▲眇たる田舎の老朽記者僕の如き、誤りて黙洲先生椽太の筆端にかゝり、尊重すべき金玉の紙上を幾行なりとも汚すに至りては光栄は洵《まこと》に光栄たるに属すれども、惟《ひと》り如何にせん、事実の相違と云ふものがある▲是れ弁せずんばある可らずと圍敦《いきまく》ほどでは無論ないけれども、オラが兄貴の北江が苦笑幾番しているだらうと思へば僕はジイとしてノホホンをキメ込で居る訳にはいかない▲何か、拝見すると、岩手日々新聞時代に北江と僕とは卓を列して競争的の位地にあツたかの様に書いてム《ござ》るが、コ、が全く事実の違ツている点なのである▲当時北江は烈々たる希望にかゞやきて東上したその空椅子へ、僕は弾鋏的？に北帰して倚ったのである、即ち渠《かれ》と僕とは本紙に於る編輯時代が全く違ツてるのである▲ナンとしても之が比肩雁行も痛恨呑涙もあらう筈がない▲其他僕をして坐るにコソバユキ感あらしむるの記事もあるけれども、そは不敢当々々々で一切解決となるから多言は回避する（略）

一方、岩手毎日新聞（明治四四年四月一八日）掲載の人物月旦「操觚界の人材岩手日報主筆福士神川氏」（執筆者田鎖凌山）は、以下のように評している。

（略）神経過敏なる彼は到底事を容易に一笑する能わざるの欠点を有する人物なり。其の社中に於いて無意義なる肝癪を起して無暗みに人を怒鳴つくる所は、即ちこの欠点を有するものあるが為めなり。他人の思ひもつかぬ不平を抱いて空しく家庭に蟄居して、嘗て出社せざるも亦此の欠点の證左なり。彼は決して異論を容るゝ能はず、愚論を謹聴する能はず、故に彼は頗る交際嫌ひなり、策を好まず、権を喜ばず故に彼れは頗る正直者なり、是れ個人としては最も愛すべし。然れども公人として、特に新聞記者としては多大の欠点なりといわざるべからず。

固より新聞記者は、政党の策士にも非ず、又外交家にもあらざれども、其の策を解する眼孔と、各種の社会に交際するを厭はざるの気あらずんば、克く其事実の真相を得べきに非ず。其彼れ敢て之を厭ふに於いては、何を以てか権作百端なる現代社会の内容を窺知し得んや。然れども彼れの手に成る、無題録に徴するに、軽妙自在の趣はあり、行文縦横の快はあり、篇中一貫の見識なきは洵に造花の香芬なきが如く後進余の実に惜しみても余りある所、若し此篇中加ふるに、透明の観察を以てし、主義敢立の気概を以てし、時代の新事物を以て蔽ふ所あらば、蓋し杜陵文壇第一流の逸品ならんなり。惜しや好漢性来偏僻狭隘にして、人を毛嫌ひして、進んで当たるの英気なく、退嬰空しく偸安《とうあん》を事として、机上の文工に甘んずる彼れの今日、是れ清純に過ぐる者世に容れられざるの類乎。又彼れの偏見世を容るゝ能はざるの徒乎。

当時、盛岡市内には岩手日報のほかに岩手毎日、岩手公論の三社がしのぎを削っていた。発行部数は岩手日報が群を抜いていたが、他の新聞社とは互いにライバル意識をもって競い合っていた事を考慮して読むべきだと思われる。それにしても、田鎖凌山の人物評は辛らつである。しかし、このように評される側面が神川にあったことは間違いなかろう。「人間嫌い」と書かれているが、岩手日報記事を見る限りでは新渡戸仙岳、清岡等、新聞社内部の人間との関係は良好である。特に啄木には中学生時代から目をかけ、世話を焼いている。人間嫌いと評される福士神川ではあるが、中学在学中に対面した啄木は最初から才能を認められ気に入られたのだと思う。若き日の啄木に訪れた二回の大きな試練の時期に、岩手日報誌上に記事掲載の機会を与え、励ましの手を差し伸べ再起を促がしたのは神川である。神川は啄木の育ての親である。

四　晩年の福士神川

　明治四一年九月一五日に始まった「無題録」は、同四五年三月末まで続いた。実に三年半におよぶ長期にわたる連載で、この時代のコラムとしては異例の長さであった。この間、同四四年七月一九日から一一月二〇日までの約四か月間、病気のために執筆中断を余儀なくされている。

　復帰後の一二月三日の「無題録」の冒頭で、神川は「白髪蒼顔万死余と言ふ古人の句を其儘《まま》とまでゞは無いが何しろ病後衰残の身なのでマダ充分に切り込んだことは考えられない▲実に隔霞観花隔靴掻痒以上の憾事である」と書いている。

　年が明けた四五年一月最初の「無題録」には、「僕輩今は厳格なる禁酒組の一人であり（略）酒や煙草などの刺戟物を止にすると餅や汁子などは馬鹿に旨く喰らるゝものだ」とあるので禁酒禁煙を強いられていたことがわかる。自分自身の闘病生活を何とか乗り越え職場復帰を果たした神川は、二月二日の「無題録」の最後で「▲清岡君健康不良に余儀なくせられて其精力が結晶の権化たる盛電社長の印綬を解くことゝなツた▲僕漸く将に癒へんとして君方に病む一段の同情実に此に存するのである。」と前年秋に岩手日報主幹を辞め、さらに盛岡電気社長を退任する清岡をおもんばかっている。

啄木死去の報を受けて追悼文を書いたのは新渡戸仙岳である。当時自らが受け持っていた「閑文字」のコラムを使っているが、神川がまだ「無題録」の執筆を続けていたとしたら真っ先に追悼文を書いたものと思われる。神川には啄木の追悼文を書く余力はすでに残されていなかったのである。

「無題録」掲載休止から約五か月後の大正元年九月六日、岩手日報三面下の「閑文字」欄に「▲神川居士の病床を見舞ひたるに、今迄其の辺りを散策し来たれりとて、血色稍佳く、元気また引立てり。前日見舞いしときとは、頗る異なるものあり。喜ぶべし。主治医竹内学士が、秋冷催し来たらば、漸次快方に向かふべしと云へるが其の快癒の速やかならんことを切に祈る」と仙岳が記している。

啄木没後半年、大正元年九月三十日に神川は死去、岩手日報には翌一〇月一日に死亡広告が出された。「父政吉　豫て病気の處薬石効なく今三十日午前八時死去仕候」喪主は次男福士進介であった。長男健太郎は、三年半前に神川が京浜地区全業視察の名目で上京して盛岡に戻って間もなく夭折していた。

神川の葬儀は一〇月二日三ツ割東顕寺において執り行われた。三日の岩手日報には、北田盛岡市長、鵜飼節郎、高橋両前衆議院議員、工藤、鈴木巌両衆議院議員のほか、上村才六岩手公論社長、岩手毎日岡山主筆、山本岩手毎日新聞記者などの新聞関係者、一ノ倉貫一農銀頭取、菊池美尚盛岡銀行重役ほかの銀行関係者、大矢馬太郎盛岡電気社長など各界の名士が参列したと報じられている。

一〇月五日、岩手日報には「噫洪学神川居士」在東京一刀生と題した追憶談が掲載された。

（略）神川兄は実に薄命の人である。その文章は柔によく剛によくして卓然大家の風が有つた。その観察眼に至つては、つとに抜奔奇警なる壮年時代を経過して、漸く穏健周到の域に進んでいたのである兄にして若し近年の不健康を恢復し、彼の温容を起こして筆を呵する事が出来たのであつたならば、獨杜陵操觚界の誇りとなつたばかりでなく、地方文物の為貢献する處決して少なくはなかつたであらう。しかも深く名利を求めざる兄は斯くて悠々安如たることを得たのであらうに。（二日夜雨の音を聞きつゝ）

それから一年後の大正二年九月二八日には、神川の追悼会が岩手日報社主坂本安孝と東京朝日新聞編輯長佐藤真一の主催によって執り行われた。これには前年の葬儀に参列した人に加え、萱場精一郎、金田一勝定、関定孝、宮杜孝一、谷河尚忠、二双石忠治などを含む六十数名が参列した。このような多彩な顔ぶれが集まったのは、佐藤北江が先頭に立ち追悼会の呼びかけを行ったからである。

盛岡での追悼会の前に、まず東京で追悼会が催された。大正二年八月六日の岩手日報に「両国より」と題した記事が掲載されている。岩手日報に記事を書いていた縁で坂本安孝社主から誘いを受けて、八月二日の両国の川開きの日に開催された「福士神川の追悼会」に参加した人物が書いた記事である。隅田川に浮かべた川船には和尚が乗り込み、線香を焚いて読経が行われた後酒がふるまわれ、やがて花火が揚がった。この会には盛岡から神川の遺稿が取り寄せられており、「行書ではあるが筆《じ》の上手な好く分る、行儀のよい字であつた」と記されている。神川が明治四〇年春に上京した際に隅田川に船を浮かべ墨堤の花見をしたことなども語られ、追懐談で、「まどらかな上品な追弔会であつたのは、定めて地下の居士も満足であつたらうと信ずる」と結んでいる。この席上で、九月末の盛岡での追悼会を坂本安孝社主と佐藤真一の主催で行うことや、石碑建設について話し合われたものと考えることができる。

法事の席上では佐藤真一が発起人として挨拶の後、二双石忠治から故人の徳望を永く後世に伝えんために石碑を建設したいとの発起があり、一同拍手してこれに同意した。追悼会費用はすべて主催者の二人が負担し、当日集まった香奠約二五円に加え不足の分を一般の有志から募って建碑をすることが岩手日報、岩手毎日新聞に報じられている。佐藤北江と福士神川の深いきずなが感じられる。

志半ばにして「無題録」執筆を中断し、病に倒れて死去した父親の後を継いで岩手日報に入社したのが次男の福士進介であった。しかし、神川の没後一年追悼会が催されたわずか三週間後に進介もまた病死してしまった。

縣人先輩操觚者番附

蒙御免

張出大關　東京日日　小泉盗泉

橫綱　原敬
大關　鈴木舍定
關脇　佐藤貞一
小結　猪川靜雄
前頭　長沼熊太郎
同　高橋嘉太郎
同　鵜飼節郎
同　矢幡政教
同　金子定敬
同　福士神川
同　後醍院正六

前頭　松岡忠美
同　乙部克孝
同　山口清章
同　禿氏岳山
同　八重樫八十助
同　大倉誠之
同　阿部泥牛
同　橫田永次
同　菅敬愛
同　立花雷太郎
同　入江源吉

前頭　井手松郎
同　戸塚淳三
同　[illegible]森正人
同　木村東山
同　[illegible]
同　沼宮内秀實
同　栃内吉古
同　對島賀郎
同　野田定秋
同　小笠原[illegible]城
同　玉井郷善
同　北島金次郎

前頭　[illegible]
同　佐々木[illegible]太郎
同　川村三郎
同　工藤[illegible]
同　角掛一郎
同　畑山[illegible]南
同　上野[illegible]
同　細川秋[illegible]
同　工藤[illegible]
同　小森秋風
同　齋藤實昌
同　菊池[illegible]長
同　菊池吐香

行司　上田十郎
呼出　日報會幹事
昭和十年一月一日
勸進元　岩手日報社

張出大關　東京朝日　石川啄木

大關　橫川省三
關脇　杉村濬
小結　谷河尚忠
前頭　設樂由禮
同　上田重良
同　清岡等
同　丹野彌七郎
同　菊池道太
同　西岡雄説
同　日戸勝郎
同　村上政亮

前頭　和井内喜德
同　田鎖直藏
同　小原八十八
同　福田祐英
同　工藤周平
同　菊池悟郎
同　下河原洋古
同　小松重應
同　小川邑治
同　石塚三五郎
同　安村省三

前頭　中館[illegible]次郎
同　濱座中外
同　阿部月城
同　橋澤三次郎
同　古津[illegible]次郎
同　櫻井馬湖
同　小笠原豆[illegible]
同　野々村[illegible]
同　黒澤大天
同　山本昌三
同　大友親義
同　山[illegible]幸一郎

前頭　[illegible]田[illegible]三
同　原正助
同　高田孤影
同　[illegible]入[illegible]
同　佐藤紅果
同　金野正九郎
同　斗ケ澤正助
同　千葉[illegible]
同　千田白影
同　荒川花外
同　菅野英光
同　橫山字吉
同　中島文次郎

岩手日報昭和10年元旦号に掲載された岩手県出身新聞関係先輩の番付表（上田十郎編）。左欄外に張出大関として石川啄木（東京朝日）の名が見える。

川並秀雄によれば、福士神川の写真を探したが見つからなかったという。明治四〇年八月一五日の岩手毎日新聞一面に岩手写真研究会一三人が名前入りで並んだ写真があり、その他の会員として写真に写っていない一三名の名前が記されている。その中に福士政吉がいるが、もともとあまり写真を撮ったことがなかったようである。岩手日報に写真が掲載されたのは、前年秋の岩手公園開園式が行われた九月一五日が最初である。これ以降ほかの新聞紙上にも写真が使われ始めるようになった。神川の写真がないのは残念である。

岩手日報昭和一〇年元旦号掲載の岩手県出身新聞関係先輩の番付には、横綱原敬、大関鈴木舎定、横川省三、関脇佐藤真一、小結猪川静雄、谷河尚忠に続く前頭に福士神川が番付られている。前頭には清岡等、西岡雄説、日戸勝郎、上田重良が並んでいる。

石川啄木は、番付表の欄外に張出大関と記されている。

第七章　啄木と新渡戸仙岳

はじめに

新渡戸仙岳は初代盛岡高等小学校長であり、啄木の恩師である。渋民尋常小学校を卒業し、進学にあたり盛岡高等小学校を選んだのは、父一禎や父の師であり同時に伯父である葛原対月の勧めがあったからだと言われている。啄木の恩師として知られる人物は仙岳以外にも沢山いる。高等小学校時代に啄木を可愛がった担任佐藤熊太郎、盛岡中学時代の校長山村弥久馬、中学一年から三年までの担任冨田小一郎、小説「葬列」中の「鹿川先生」猪川静雄、中学時代の文学活動を支えてくれた大井蒼悟などが有名である。しかし、数多い啄木の恩師の中でも仙岳は別格である。

仙岳は岩手日報に啄木の追悼文を書いているのである。三〇歳も年の離れた啄木と仙岳との関係が深まるのは、盛岡で発行された『小天地』がきっかけであり、さらに特別な存在になっていくのは、啄木が最後の上京をしてからである。

もともと仙岳は学校関係の人間である。盛岡高等小学校、盛岡高等女学校、私立石巻女子実業学校を歴任したが、そのまま学校長を続けていれば、啄木の死後、追悼文を岩手日報に書くことにはならなかったはずである。仙岳が岩手日報に入社したことが大きな要因になっている。

ここでは最初に、仙岳が岩手日報に書いた啄木関連記事を紹介する。明治四一年九月一六日の日記に、仙岳に宛てた「予の手紙をそのまま（岩手）日報に載せたといつて来た」と記されているにもかかわらず、この問題が取り上げられ論じられたことはない。この記事は二人の関係を考察する上で極めて重要である。

一 「石川啄木氏消息」記事

「●石川啄木氏消息」と題した長い記事が、明治四一年五月一九日岩手日報三面上に掲載された。

曾《かつ》て北海道に行きて北海タイムスに健筆を揮ひ居りしがその後久しく消息なかりし同氏よりこのほど本社篷雨に寄せ来し書面の概略左に

前略、三河丸の甲板に立ちて北海道最後の印象を享け候ひしは、去月二十五日の未明の事に候ひき。翌《あ》けて二十六日陸前荻の浜に寄港、僅か五時間の春風も、若草一つ萌え出でぬ国より来し身には、嬉しさ限りなく、程近き郷に入らせられ候先生を思ひ出で、一葉の葉書認め候ひしが御覧下されしや否や。二十七日夕、初夏の横浜に上陸。翌日午後三時、緑の雨の中に緑の都の人と相成申候。さて改めて平生の御無沙汰御詫び申上候。石巻は小生が曾て修学旅行の途次一泊したる事あり。大塔の宮の遺跡なりといふを里人に聞いて、異様なる興味覚えし事など思ひ出でられ候。あの砂浜の荒涼は石狩の平原と共に、小生の知れる限りに於いて天下の大景に候ふへく、………

　小生儀、北海に漂白する事満一年、函館の大火、札幌の秋風、小樽に入りては身を親しく生活の白兵戦場に投じ、遂に華氏零下三十度の釧路にまで流れゆきて、生れてはじめて氷れる海など見候ひしが色々の境に処し、色々の人に接し候程に鈍根ながらも聊は得る所あり。自分の文学的運命を極度まで試験する決心にて、飄然として北海の地を辞したる次第に有之、今は単身大都の十字街頭に立ち居り候。向後主として力を小説の創作に注ぎ度、最も小生の書かむとするものは所謂小説にはあらざるかも不知候へども、今仮りに此の名を用い候。目下『菊池君』と題する一篇執筆中に候。

　尚、氏は東京本郷菊坂町八二新詩社の副事業なる金星会の創作補正をば、かの平野萬里、茅野粛々、與謝野晶子等と共に瞻任し居るよしなり。

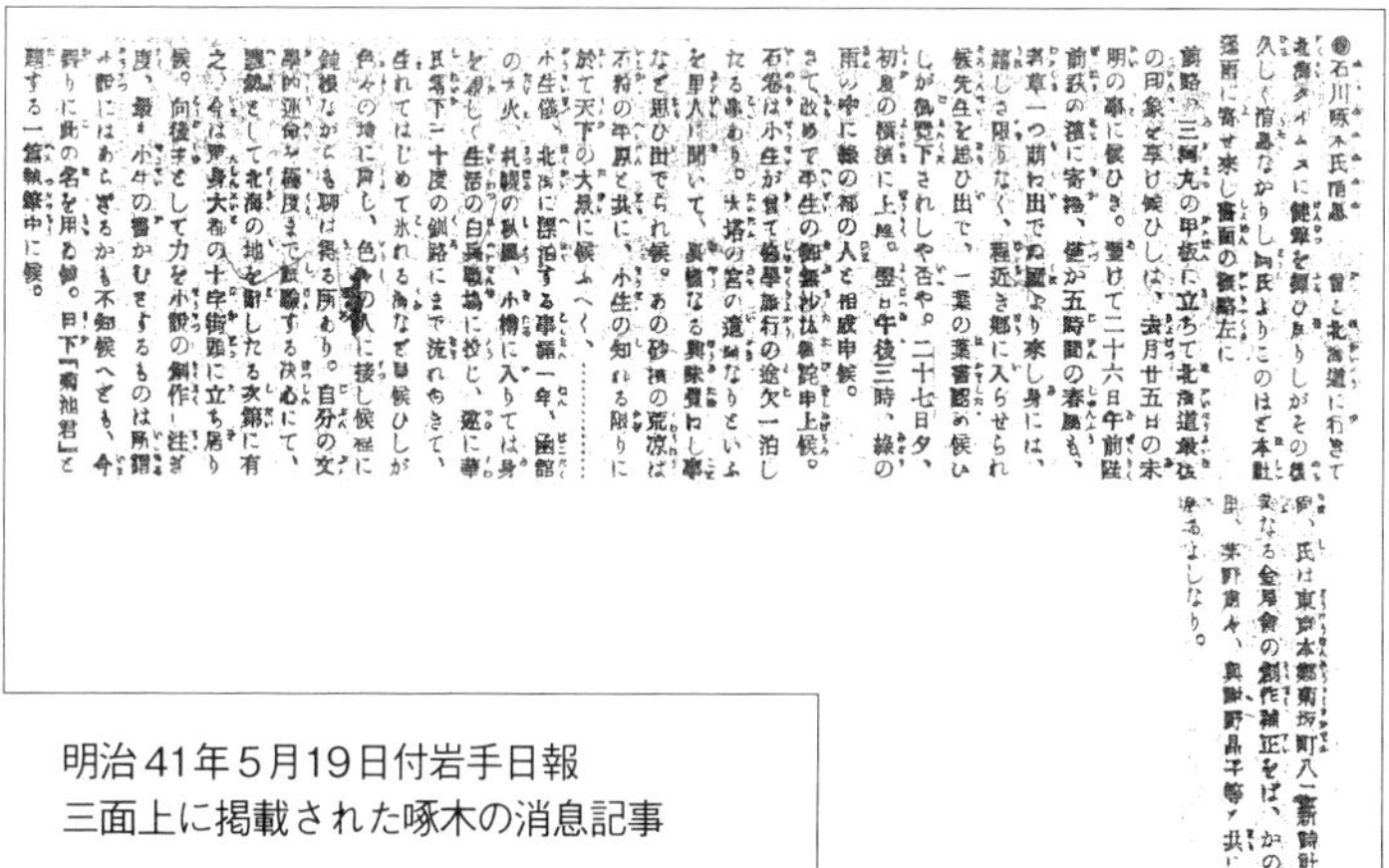

◎石川啄木氏消息　曾て北海道に行きて北海タイムスに健筆を揮ひ居りしがその後久しく消息なかりし同氏よりこのほど本社宛に寄せ来し書面の概略左に

前略三河丸の甲板に立ちて北海道最後の印象を享け候ひしは、去月廿五日の未明の事に候ひき。翌けて二十六日午前陸前荻の濱に寄港、僅か五時間の春風も、若草一つ萌ね出でぬ国より来し身には、嬉しさ限りなく、程近き郷に入らせられ候先生を思ひ出で、一葉の葉書認め候ひしが御覧下されしや否や。二十七日夕、初夏の横濱に上陸。翌日午後三時、緑の雨の中に[illegible]の都の人と相成申候。さて改めて平生の御無沙汰御詫申上候。石巻は小生が曾て修學旅行の途次一泊したる事あり。大塔の宮の遺跡なりといふを里人に聞いて、異常なる興味覚ねし事など思ひ出でられ候。あの砂濱の荒涼は十勝の平原と共に、小生の知れる限りに於て天下の大景に候ふへく、………小生儀、北海に漂泊する事滿一年、函館の大火、札幌の秋風、小樽に入りては身を親しく生活の白兵戦場に投じ、遂に華氏零下三十度の釧路にまで流れゆきて、生れてはじめて氷れる海など見候ひしが色々の境に処し、色々の人に接し候程に鈍根ながらも聊は得る所あり。自分の文學的運命を極度まで試験する決心にて、飄然として北海の地を辭したる次第に有之、今は単身大都の十字街頭に立ち居り候。向後主として力を小説の創作に注ぎ度、最も小生の書かむとするものは所謂小説にはあらざるかも不知候へども、今假りに此の名を用ゐ候。目下『菊池君』と題する一篇執筆中に候。

尚、氏は東京本郷菊坂町八二新詩社の副事業なる金星會の創作補正をば、かの平野萬里、茅野粛々、與謝野晶子等と共に擔任し居るよしなり。

明治41年5月19日付岩手日報
三面上に掲載された啄木の消息記事

この記事は、啄木全集に掲載されている「明治四一年五月一二日本郷より　新渡戸仙岳宛」書簡の内容と良く似ているが、すべてが同じという訳ではない。何箇所か削除されたり書き換えられている。まず、啄木が書いた手紙の冒頭は、「前略」ではなく「啓」である。石巻の情景に続く「天下の大景に候ふべく、」の後には「川に臨める福島屋旅館（？）の三階、瓦斯の光のいと明きに面も染めで花やかに物語る女ありしが、今は何処の岸辺に流れゆきしにやなど」の一文が綴られている。また、北海道を離れて東京へ出ていく場面は、「飄然として北海の地を辞したる次第に御座候。家族をば当分函館に残して、単身大都の十字街頭に立ち候ひぬ」である。さらに、「『菊池君』と題する一篇執筆中に候」の後には「数知れぬ先生の教子のうちにて、私ばかり好んで人生の横町を辿る男はあらざるべしなど思はれ候。何卒御見捨てなく時々御訓戒を賜り度奉願上候」と続けられている。

この年の四月二四日夜、啄木は母と妻子を函館の宮崎郁雨に託し単身東京へ向かった。約一年間に函館、札幌、小樽、釧路の順に住まいと職場を転々とした末、創作的生活の基礎を築くために上京を決めた。二六日の朝、三河丸は宮城県荻浜に着いた。五時間停泊する間に上陸し、旅店で朝食を摂り町を散歩した。さらに、ここから程遠からぬ石巻に住んでいる新渡戸仙岳宛に葉書を出した。しかし、この葉書はすぐには読まれなかった。仙岳は三月いっぱいで石巻女子実業学校を退職し、盛岡に戻っていたからである。五月一二日の日記には「石の巻なる新渡戸仙岳氏へも（手紙を）書いた。」と記しているので、啄木はまだ仙岳が石巻にいると思いこんでいたのである。

したがって、荻浜で書かれた葉書は、「石川啄木氏消息」として岩手日報に掲載された手紙とともに石巻から盛岡に転送されたものと考えられる。五月二一日の日記には「新渡戸仙岳氏から葉書。石巻の女学校をやめて、岩手日報に居るといふ事。」とあるので、仙岳はこの時初めて盛岡に戻ったことを知らせたことがわかる。仙岳からの葉書には、啄木からの手紙をそのまま岩手日報に載せたことも書いてあった。

門屋光昭らは『啄木と明治の盛岡』（二〇〇六）の中で「（啄木は萩浜から）石巻の新渡戸仙岳にハガキを出している。（略）この時期に（仙岳が）石巻に存在していたか微妙。識者のご教授待ちたい。」と疑問を投げかけている。

ところで、冒頭で引用した啄木からの手紙は五月一二日夕方に書いたものなので、翌日一三日に投函したと考えられる。いったん石巻を経由して盛岡へ転送されたことを考慮すれば、仙岳がこの手紙を見ることができたのは早くて一六日、遅ければ一七日になっていたはずである。一九日に掲載された記事であるから、前日一八日に原稿ができていなければならない計算になる。仙岳は啄木の手紙を受け取ってから直ちに掲載することを決め、記事を書いたことになる。啄木からの二度の便りがよほど嬉しかったのであろう。

仙岳が啄木からの手紙を急いで記事にしたかったことには理由がある。約四か月前の明治四一年一月二五日、「非々小説　吾輩は（四）」と題する奇妙な記事が岩手毎日新聞に載った。著者は硯鼠生である。その冒頭に、以下のように書かれている。

「あくがれ」の著者、「小天地」の主筆たりし石川啄木、去年は「天下の逸民代用教員をつとめて月給八円也、貧骨に迫つて諸方に禮を欠く」と言つてきたが、一朝風雲に乗して北海タイムスの主筆と化してより、今年は居所も知らしめぬ。嘸《さぞ》や風流な雪見をしてゐることだらう。

この記事が掲載された時期、仙岳はまだ石巻にいた。石巻に住んでいたが、岩手毎日新聞は仙岳のもとに送り届けられ読むことができた。仙岳は篷雨の名で岩手毎日新聞俳壇の選者を務めていた。そのほかに、十八公の求めに応じて石巻から書き送った手紙は、「篷雨宗匠の雅信」という見出しで記事に仕立てられた。

十八公宛の書簡「篷雨宗匠の雅信」は、仙岳が石巻に移り住んで一か月後から始まり、明治四〇年秋には三回連続で岩手毎日新聞紙上に公開されている。また四一年一月一日新年号の其四には、篷雨選の募集俳句と選者による追吟五句が掲載された。同じ新年号其五の二〇面下には岩手毎日新聞社友の連名で年賀広告を出しているが、在東京として佐藤真一、飯坂圓収、伊東圭一郎、小沢恒一、田子一民に続き、在石巻として新渡戸仙岳の名がある。一月九日からは一面の上段に篷雨の名で「松の落葉」の連載が始まり、二二日まで十回続いた。「松の落葉」と並行して一五日からは三面に「七日の日記」という、石巻で過ごした正月の様子が四回に分けて掲載された。「七日の日記」の著者は一静庵になっている。仙岳はこの年の新年を盛岡に戻らず石巻で迎えていた。

篷雨と一静庵と名前を使い分けているが、ひと月のうち一五回も仙岳の記事が岩手毎日新聞紙上を賑わせていたことになる。

仙岳が、硯鼠生の書いた「非々小説　吾輩（四）」を見たという根拠はもう一つある。啄木が函館を去って札幌へ行き、校正係として入社したのは「北門新報」であった。硯鼠生は、これを「北海タイムス」と誤って表記しているが、「石川啄木氏消息」記事の冒頭で、仙岳もまた同じ誤りを犯しているからである。仙岳と面識のある人物かどうかはわからないが、硯鼠生の書いた記事は啄木を揶揄しているように感じられ、仙岳は不愉快だったのだろう。啄木書簡を記事にする際には、その昔福島屋旅館で出会った女の事や、家族を函館に残して単身で上京した事などは伏せられており、啄木に対する仙岳の細やかな配慮が感じられる。

二　啄木と仙岳の出会い

新渡戸仙岳は安政五年（一八五八）八月二九日、父秀翰・母リキの長男として盛岡市馬町（現清水町）に生まれた。本名は隆光、字仙岳、雅号篷雨、別号一静庵、非佛、宏堂、新聞や雑誌に寄稿した時の筆名としては梅窓生、〇生などがある。文久二年（一八六二）から明治五年（一八七二）にかけて家庭において国学、漢学、書道などを修得、慶応元年（一八六五）盛岡藩の藩校、作人館において皇典、柔道を修め、後に英学を学ぶ。明治二年には大清水小路の小原洋学塾に通い、明治六年から三年間仲舘数馬、栃内吉哉らに就いて経学、漢詩文を修めた。明治八年、加賀野のロシア正教会で洗礼を受ける。明治九年師範学校制度が制定され、検定を受けて初等教育教師の資格を取得する。明治一七年気仙予備学校一等助教諭として赴任、田茂山（現盛）小学校長を経て、明治二〇年気仙郡立高等小学校開校と同時に校長に就任、気仙小学督業を兼任する。明治二二年盛岡高等小学校（下橋中学校）長に就任。この頃設立された岩手県連合教育会の設立発起人として同会の初代会長となる。

啄木との出会いは盛岡高等小学校である。啄木は明治一九年に生まれ、学齢よりも一年早く五歳で渋民尋常小学校に入学、同二八年三月同校を卒業し、四月から盛岡高等小学校に入学し三年間在籍した。この時の学校長が新渡戸仙岳であった。明治三一年三月二五日盛岡高等小学校修業証書授与式が行われた。三年間の成績は学業、行状、認定、すべて五段階評価最高の善であった。授与式の模様は、翌々日三月二七日の岩手日報に詳しく報じられている。新渡戸校長が勅語を奉読した後、男子八三名女子七四名に卒業證書を授けた。同校内には、卒業生一五〇余人、修業生千余人の製作による成績品を陳列して来賓の展覧に供したと記されている。この日啄木は修業証書を手にし、成績品の中に彼の作品も並べられていたはずである。

二人の関係は、ここまでは高等小学校の校長と修業生との間柄であった。関係が深まった最初のきっかけは『小天地』である。明治三八年、盛岡市磧町に新居を構えた啄木は、節子とともに文芸雑誌発行に向けて奔走する。啄木は『小天地』を「ハイカラな雑誌」にするために、文学仲間だけでなく新詩社の人脈を利用し、中央の文壇で活躍している著名人にも原稿を依頼した。まもなく与謝野寛、岩野泡鳴、正宗白鳥、小山内薫、平野万里らから長詩、小説、短歌などの原稿が寄せられ、地方都市の文芸誌としては例のないものになった。このほかに金田一京助や新渡戸仙岳にも原稿依頼をしていたのである。『小天地』の編集作業が山場を越えた八月三〇日に仙岳へあてた書簡が残されている。「先日ハ失礼いたし候。アノ翌日より、小生胃腸を病み痔にくるしみ、就褥ここに九日、万事の手筈大に喰ひ違ひ申候」と書いているので、原稿の依頼と出版構想を説明するために、啄木自らが直接仙岳のもとへ出向いて行ったものと思われる。仙岳は、自分の俳句の師である小野素郷の俳句と評論「俳人素郷」を寄稿してくれた。

翌年三月、啄木は con町の借家を引き払い渋民に戻った。四月から母校の渋民小学校の代用教員生活が始まった。六月の農繁休暇を利用して上京した啄木は、新詩社に滞在中近刊の夏目漱石や島崎藤村などの小説類を読み漁り、これからは自分も小説を書くのだという決心を土産に帰郷した。その後、半年の間に「雲は天才である」「面影」「葬列」と立て続けに小説を書きあげた。「葬列」は『明星』一二月号に掲載された。この小説の中に仙岳が「馬町の先生」として登場する。

此地方で一番有名な学者で、俳人で、能書家で、特に地方の史料に就いては、極めて該博精確な研究を積んで居る、自分の旧師である。

と綴られている。

この年の暮れ、啄木の長女京子が誕生した。仙岳は年明け早々に「梅さくや松ふく風もうたふごと」という出産の祝句を添えた年賀状を送った。

明治四〇年は二人にとって激動の年であった。啄木は四月に入り間もなく、渋民小学校の子どもたちを率いてストライキを行い免職処分となった。五月初め一家は離散して、啄木は妹光子と共に北海道に向かった。一方、仙岳は蛇口大八助教諭兼書記が引き起こした事件の責任を取り、病気による依願退職の形で一〇年間勤めた盛岡高等女学校を辞めた。同時に岩手県連合教育会長も辞任し、事件の処理として馬町の土地と家屋を売却し、友人らの資金援助を受けて七〇〇円を県連合教育会長小林鼎に弁済した。この事件の第一報は、二月一九日の岩手日報に掲載されている。

明治三八年の凶荒に際し岩手県連合教育会は、凶作のため貧窮して就学不可能な児童救済資金として義援金を募り、全国から一,五〇〇円以上の募金を集めた。義援金を保管管理していたのは、仙岳が校長を務めていた盛岡高等女学校内に事務局を置く、県連合教育会の理事を嘱託された蛇口大八であった。この事件は社会的にも大きな反響を呼び、事件発覚後再三にわたり岩手日報に報じられた。福士神川が担当していた「編輯局より」にも三回、関連記事が出ている。送られた義援金のうち約九〇〇円は、盛岡市内の料理店、貸座敷登楼費用、または借金返済に使われ、残りの約六〇〇円は逃亡する際に拐帯し、約一か月後に滋賀県大江の草津町で逮捕された時には無一文になっていた。三月三日には盛岡高等女学校の卒業生が中心になって「新渡戸仙岳先生知名の寿をお祝いする会」が計画されていたが、この会は仙岳と盛岡高等女学校との別れの会になってしまった。色々な嗜好を凝らした演技会の収得金五〇円を盛岡市教育会に寄付することとし、雑費等を差し引いた残金が仙岳に対する記念品代に使われた。盛岡教育会に寄付された五〇円は、連合教育会保管金私消事件処理費用の一部として返済に充てられた。

四月末、仙岳は盛岡を離れ、五月には宮城県の私立石巻女子実業学校長として赴任した。仙岳が石巻へ移ってから一か月後、冨田小一郎が仙岳を訪ねている。この時の様子は六月二〇日の岩手毎日新聞に掲載された「篷雨宗匠の雅信」の中に記されている。

冨田小一郎は啄木が盛岡中学時代の恩師であるが、明治三三年夏に啄木以下七名の同級生を約一〇日間の南三陸沿岸旅行に引率したことや、啄木が書いた「百回通信」などで知られている。三四年の盛岡中学ストライキ事件後、八戸の青森第二中学（現八戸高校）に転任した。盛岡中学時代から私立盛岡商業学校の経営に携わり学校長を務めていたが、明治四〇年、高田町の知人と共に漁業への転進を図ろうとしていた。商船学校在学時代から漁業に対する関心を持ち続け、冬と春はサメ漁、夏秋はカツオ漁に従事する計画で漁船を準備している様子が、一月二七日岩手毎日新聞に「冨田小一郎氏の壮挙」の見出しで報じられている。記事の最後は「教育家より漁業家に転じ実業の発展を図るの挙や壮と云べし」と結ばれている。

仙岳と冨田は古くから面識があった。明治三一年五月四日の岩手日報に第七回岩手連合教育委員会出席者の職名と討議議題が掲載されている。仙岳は二年以上前からこの会の議長を務めていた。各郡視学、尋常小学校、高等小学校長、訓導の中にただ一人中学教諭として冨田小一郎の名前がある。冨田は盛岡中学を代表する教師として派遣されており、この時代から仙岳とは旧知の仲であった。翌年の三二年第八回岩手県連合教育委員会では仙岳が議長に、冨田が副議長に選出されている。

盛岡中学ストライキ事件後、八戸に転任する際、冨田には気がかりなことがあった。私立盛岡商業学校の経営をどうするかで悩んでいた。冨田が頼ったのは新渡戸仙岳であった。岩手日報四月十六日に「●冨田氏と商業学校」と題した記事が掲載されている。

富田小一郎氏の主管に成る当市六日町の盛岡商業学校に就きては今回同氏八戸中学に転じたる為氏は後事を新渡戸仙岳氏に託したるに（略）

仙岳は商業教育に経験がなかったので受け入れることができず辞退した。冨田は週に一回盛岡へ通うことで校長を続けることになった。しかし、二足の草鞋を履き続けることには限界があり、二年後の春、青森県立木造高校栄転を辞し、盛岡に戻り私立盛岡商業学校の公立化に向けて運動を続けたが、冨田の夢は実現せず、三九年一二月、財政困難により閉校することにした。盛岡に理想的な商業学校を作る資金を得るために一旦学校を退くことにしたのである。

冨田の計画は、一一月から四月まではモーカ鮫別名鼠鮫の漁に従事し、五月から一〇月をマグロの流し網やカツオ漁に切り替えることにより、一年間休みなしに漁労に従事できるような施設を備えた新造船を作る事であった。そのための予備調査として冬期間のサメ漁に乗り出し、充分な成果を上げて新式船準備のため盛岡へ戻ってきた。

明治四〇年五月二五日の岩手日報「編輯局より」は、一段半にわたり冨田小一郎を取り上げている。清岡等岩手日報主幹の主催で、秀清軒に於いて冨田小一郎を主賓とする晩餐会が催された。出席した岩手日報編輯局同人他に向け、具体的な事業計画を披露するのを耳にして、清岡は、漁業で得た資金を商業教育につぎ込んで、念願の「冨田商業学校」建設も可能だろうと励ましの言葉を送っている。翌月六月七日、岩手日報は「●冨田氏の船」という見出しで、前日夜、冨田が漁船をこの夏に建造するために設計図を用意して塩釜・石巻方面に旅立ったことを報じている。三田義正の助力を受け建造する事になった帆船「三立丸」の設計図を携え、意気揚々と冨田が向かった先は、三月末に盛岡高等女学校を依願退職して五月から石巻女子実業学校長に身を転じた仙岳の所であった。冨田は持参した設計図を示しながら、新事業にかける思いを仙岳に語ったと思われる。明治四〇年を機に新天地を求めて出発した二人の再会であった。

当然のことながら啄木はこの二人の転進を知る由もなかった。啄木が仙岳の石巻移住を知ったのは、翌年明治四一年になってからであり、冨田小一郎の消息を聞くことができたのはもっと後である。釧路から函館に戻る途中、酒田川丸が宮古に寄港した際に上陸し、菊地武治から紹介された道又金吾医師を訪問してご馳走になった時の事であった。

十八公に宛てた「篷雨宗匠の雅信」には「一昨日冨田小一郎斎藤源五郎来石（略）四人連れ立

ちて海門寺山を越えて白砂清松の遠く連れる処に出で候」、その後船を降りて「富田氏は水浴を試みしが更に小休なく二回まで江を横切り候いしに舟人海士もその巧妙に舌を捲かざるはなかりきにて候」とある。入り江の片側の岸から向かい側の岸まで休みなく二往復したというのである。冨田小一郎は水泳の達人であった。盛岡では杉土手付近の北上川で生徒たちに泳ぎを教えていた。

この年の六月、啄木もまた市内いたる所から海の見える街函館にいた。函館に移り住んで間もなく、商工会議所の主任書記をしていた沢田信太郎の紹介で同会議所の臨時雇いとして働き始めた。五月末に同所を辞めた後、健康を害し数日寝込んだ。六月一一日、函館区立弥生尋常小学校代用教員の辞令を受けた。区立東川小学校の教員をしていた苜蓿社の吉野白村の斡旋によるものであった。弥生小学校からも海が見えた。

新渡戸仙岳と冨田小一郎、この二人の共通の教え子である啄木が函館に行っていることをどちらも知らされていなかった。果たして、啄木は二人の話題になったであろうか。

三　仙岳と石巻女子実業女学校

『石川啄木と仙台―石巻・荻浜―』相沢源七編（一九七六）によれば、牡鹿郡石巻町門脇後町在住の高橋由蔵氏が創立した私立石巻女学校が、開校後一年を経ずして経営困難に陥ったため、米倉清五郎（後の石巻町長）以下一四名の町民有志は、高橋氏から校舎その他の施設設備一切の無償譲渡を受け、明治三八年四月二〇日、私立石巻女子実業学校と改称して再発足するに至った。南部藩士島崎庄右衛門の長男として慶応元年盛岡に生まれ、県立盛岡中学教諭、私立盛岡女学校（後の東北高女）校長の経歴を持つ共同経営者の一人島崎寿太郎（当時は盛岡に本社を持つ北上株式会社専務取締役兼石巻支社長）が、それまでは牡鹿郡長が兼務し続けてきた同校の初代校長として、盛岡時代の恩師に当たる新渡戸仙岳に就任を懇願したと記されている。

明治二二年五月に盛岡高等小学校長に就任して以来一八年間住み慣れた盛岡を離れ、仙岳が石巻へ移住する決断をした背景には、盛岡高等女学校を依願退職したところへ島崎寿太郎から依頼があったことの外に、二つの要因が考えられる。第一は三陸に対する思いである。仙岳の教員生活の出発点になったのが気仙地域であり、若くして気仙教育会盛部会長を務め、地元の青年団や郷友会と連携しながら地域に根差した教育を推し進めたほか、気仙地域の地質、地理、歴史に関する研究にも積極的に取り組んでいた。二九年の三陸大津波の際は盛岡にいて自身は被災しなかったが、夏休みの期間を利用して気仙ほかの地域を訪ね、現地の住民から直接聞き取り調査をして「三陸大津波志」を執筆している。明治三陸大津波の被害は、気仙地域だけでも校舎流失五校、破損一校、死亡生徒五八九人、死亡教員九名であり、学校はすべて閉校、休業せざるを得ない状況に追い込まれていた。仙岳は教え子やこの地域の人々に対して特別な思いを抱いていたことがわかる。

第二は、俳人としての松尾芭蕉への熱い思いである。石巻に移って間もなく、松尾芭蕉の足跡を追って付近の地域を探索している様子が、岩手毎日新聞記事から読み取れる。芭蕉は、河合曽良と共に元禄二年五月一〇日、仙台から塩釜、松島を経て石巻にたどり着き一夜を過している。日和山に登り住吉神社に参拝したほか、袖の渡り、尾ぶちの牧、真野の萱原などこの土地の名が『奥の細道』には記されている。

「篷雨宗匠の雅信」では、松島から中尊寺に行く途中、道をふみ迷って石巻に着いたことを『奥の細道』を読んで知っているとした上で、芭蕉が書いている金華山を日和山に登って探してみたが見えなかったので、どの島を金華山と思ったのかと疑問を投げかけ、「住吉なる袖の渡り」という古来歌枕に名高い場所に立って一句読もうとしたができなかったと悔やんでいる。ところが、冨田小一郎と共に船に乗り、海門寺山を越えて白砂清松が遠くまで連なる浜辺を歩いて湾口まで来た時、海上はるかに三角形の山を見つけ、これが黄金花咲く山であることを確認する。ここから、芭蕉は、金華山を日和山からではなく石巻まで来る途中の海岸から見たのだという結論に達した。芭蕉は松島街道を歩いて来たのではなく、白砂清松の間を辿って石巻にたどり着いた事をここではじめて悟り、芭蕉が金華山を見間違えたと思った自分の愚かさを恥じ入ると仙岳は書いている。突然訪ねてきた冨田小一郎ほかの客人を連れ立っての海岸巡りの船旅も、芭蕉が関係していたと思われる。

四〇年一一月一六日付岩手毎日新聞の「篷雨宗匠の雅信」には、「目下石巻にて眼病療養中の一静庵篷雨宗匠より」と詞書がついており、「此頃毎日新聞に連載の繋紀行を人に読みもらい誠に興多く聞き居り候」と紹介されている。岩手日報入社後も目が見えないことを仄めかす記事があり、この頃から眼病には苦しめられていたようである。

石巻実業女学校就任後わずか一年にして岩手日報入社の噂は、四一年三月一一日の岩手毎日新聞に掲載された。「●新渡戸篷雨氏入社説」と題した三行の小さな記事である。「目下石の巻女学校在職の篷雨新渡戸仙岳氏は岩手日報社に入社するに内定せしとの説あり」で、この噂が現実のものであることは、新年度に入り間もなく、四月三日の岩手毎日新聞で明らかになった。「●新渡戸仙岳氏」の見出しで、「同氏は今回石巻女学校を辞し本日着下り列車にて帰盛する由因に同氏は当分岩手日報社の事務を補助すべしと云ふ」と報じられている。四月八日には「篷雨宗匠招待俳会」が一〇日午後五時から会費三五銭で紺屋町の斎藤旅館で催される旨の案内記事が出て、一四日の文苑欄には、「篷雨先生歓迎句」として篷雨宗匠招待俳会に集まった二六人全員の句が紹介されている。多くの俳句仲間が、仙岳の帰盛を喜んで迎えていることが良くわかる記事である。

わずか一年足らずの短期間で石巻を去ることになった経緯は不明である。岩手毎日新聞紙上の「篷雨宗匠の雅信」以外には、石巻女子実業学校長時代の仙岳消息記事を見つけることはできなかったし、岩手日報には一年間ほとんど仙岳関連記事は掲載されることがなかった。『石川啄木と仙台―石巻・荻浜―』中の「啄木と石巻」の著者橋本晶は、石巻を離れた理由について、明治四一年五月二一日の啄木日記の「(仙岳)先生の風変りな恋(?)の話を金田一君から聞いたことを思出して、矢張小説中の人だなどと思ふ」を引用して「風変わりな恋(?)とは石巻以前のことであろうが、〝小説〟とは一般的な意味で言っているのか、自著『馬町の先生』をさすものか推測の限りではない」とした後、石巻女子実業学校の辞任は恋愛問題によることを仄めかしている。しかし、その根拠はまったく示されておらず、極めて杜撰な論証であり納得はできない。この著者は啄木の小説の中に「馬町の先生」という作品があると思いこんでいる。小説「葬列」の中に仙岳が「馬町の先生」として登場することさえ認識できていないという事は、「葬列」の中で仙岳がどのように表現されているかをも知らずにこのような結論を導き出したという事になる。

現在のところ、仙岳が石巻女子実業学校を一年足らずで辞任し盛岡に舞い戻った理由は謎である。

四　仙岳への年賀状

恭賀新禧
御無音御ゆるし下され度候家持たぬ子は流れ〳〵て只今北海の浜にさすらひ居候
明治四十一年一月
小樽区花園町畑十四　石川啄木
新渡戸仙岳先生

この年賀状は、四〇年一二月末に小樽から仙岳宛に出されたものである。本章の二、啄木と仙岳の出会いのところで、二人の関係が深まった最初のきっかけが『小天地』であったことを指摘したが、さらにその関係を決定づけたのがこの年賀状である。

この年、仙岳は四月終わりに石巻へ、啄木は五月初めに北海道へとそれぞれ旅立った。しかし、そのことを互いに知らせることはなかった。

仙岳が絡んだ費消事件は、岩手県全体が騒然とするような大事件であった。岩手日報のみならず他の新聞でも大々的に取り上げられ大騒ぎになった。仙岳にとってはあってはならない不祥事で、自分の部下の中でも最も信頼のおける人間が起こした事件だけに衝撃は大きかった。馬町の土地と屋敷を売り払い、現金を作り県連合教育会に返済したものの、五〇歳まで順風満帆で来た人生における大きなつまずきであった。盛岡高等女学校を辞職し、県連合教育会長も辞任した。

この時、経済的基盤と社会的地位を失った仙岳に手を差し伸べたのが、盛岡高等小学校時代の教え子の島崎寿太郎であった。島崎が、石巻女子実業学校の校長を教育経験豊かな仙岳に依頼してきたのである。引責辞任により職を失い私財を売り払った仙岳にとっては渡りに舟であったかもしれないが、事件の大きさを考えれば、仙岳が石巻へ移住することになったことを、自分のほうから説明し難かった事情はわかるような気がする。

義援金費消事件が報じられてから、六〇〇円を持ち逃げした容疑者が滋賀県大江の草津町で逮捕されるまでの約一か月間、岩手日報には事件に関連することが何度も取り上げられている。啄木のもとに岩手日報が届けられ、新聞を見ていれば、仙岳の状況を把握できる立場にあったはずである。明治三九年三月の日記には、配達される新聞は「岩手日報を加へて四紙」と記しており、明治四一年九月一六日の日記にも、渋民の代用教員時代は岩手日報を「毎日貰つてゐた」と書いている。岩手県内を騒がせた費消事件について啄木が知らなかったというのは不思議である。事件に気づいたが日記や書簡に何も残さなかったとしたら、さらに不可解である。岩手日報は代用教員時代の最後まで啄木のもとに届けられていたのだろうか。疑問が残るところである。

啄木の側は、新学期早々渋民小学校の子どもたちを巻き込んだストライキ事件を引き起こし、村は大騒ぎになっていた。長谷川四郎郡長が渋民小学校を訪れ事態収拾にあたり、遠藤忠志校長の転任が決まり啄木には免職辞令が下された。ストライキ事件から二年以上たってから「その故郷（渋民村）を、二度と帰つて行けぬような騒擾《さわぎ》を起こして飛び出して」（「一握の砂」）と回顧しているので、啄木の側も事件直後は、日本一の代用教員を目指してきたがストライキ騒ぎで職を失い一家離散し函館へ移住することになりましたとは言い難い状況にあった。

明治四〇年五月に単身函館に移り住んだ啄木は、六月に入り弥生尋常小学校の代用教員として出勤することになり、盛岡の実家で面倒を見てもらっている節子に手紙を出した。七月七日に節子は娘京子と共に函館へやってきた。一か月後の八月には、渋民に残してきた母カツと野辺地で落ちあい函館に連れてきた。さらに小樽の義兄宅にいた妹光子も、脚気のため転地療養が必要だとして函館に戻ってきた。離散した石川家のうち、父親一禎を除く五人が函館の住まいに集まった。つかの間の平安であった。八月二五日夜大火が発生した。東川町で発生した火事は強風にあおられ市街地を嘗め尽くした。明け方までに市内の三分の二が焼失した。幸い啄木一家の住んでいた青柳町の一画は延焼を免れたが、約一万二千四百戸の家が焼け六万人が家を失った。弥生小学校も焼け落ち、函館毎日新聞に渡しておいた小説「面影」と「れつどくろばあ」第八号の原稿も灰になってしまった。九月に入り札幌の北門新報の校正係として一週間勤めた後、小樽日報創刊の話があり、札幌で知り合ったばかりの野口雨情と共に小樽に移ることになった。小樽日報創刊から二か月後、事務長とのトラブルにより暴力を振われ、翌日から出社せず辞表を出して辞めた。退社後も小樽に居を構えていた一家は窮乏生活を余儀なくされた。一二月三〇日、啄木は小樽日報社に行き、前借金を差し引いた一〇円六〇銭を手にした。帰りに葉書一〇枚と煙草を買った。手元には八円ほどしか残らなかった。大晦日の夜は節子の帯を質に入れ一円五〇銭、母と啄木の衣類数点で三円を借りたが、この金も複数の借金取りにより消えた。このようにして明治四一年が明けたが、門松も注連飾りもなく、お屠蘇一合を買う金もなかった。仙岳宛の年賀状はこのような状況の中で書かれたものである。

この葉書の文面から、啄木は昨年の年賀状以来一年間、仙岳に消息を知らせていなかったことがわかる。明治四〇年は啄木の書いた書簡が極端に少ない年で、その中でも前半の一月から五月まで、即ち渋民にいた時期は年賀状以外の書簡はほとんど残されていない。仙岳のほうからも石巻に移った知らせは届いていない。したがって、この年賀状の表書きは盛岡市馬町新渡戸仙岳様であったと推定される。ところがこの年賀状を書いてから五か月後、船で上京途中、荻浜に降り立った啄木は石巻の仙岳宛に葉書を認めている。荻浜から程近い石巻に仙岳が来ていることを知っていた訳であるが、どのようにして居場所がわかったのであろうか。

明治四〇年に入ってからの二人の関係を整理すると、啄木は前年暮れに長女京子が誕生した事を知らせた葉書を送ったのに対し、仙岳は出産を祝う句を添えた年賀状を送ってくれた。その後、仙岳は四月に盛岡高等女学校を依願免職、県連合教育会長も辞任して、五月には石巻女子実業学校長に転じる。一方啄木は、四月に渋民尋常小学校でストライキ事件を起こし免職になり、五月一家離散して函館へ旅立った。一年間互いに音信不通であったが、この年の暮れ啄木が小樽から年賀状を書き送った。年賀状の表書きは盛岡市馬町と書いたと思われるが、この年の暮れ、仙岳は盛岡に戻らず石巻で新年を迎えていた。啄木はさらに、四一年に入り上京途中の荻浜から石巻の仙岳宛に葉書を出し、上京後五月になってから再度石巻に手紙を出したが、仙岳は四月初めには石巻を去って盛岡に戻っているので、どちらの書簡も直接仙岳のもとには届かなかった。いったん石巻に送られたものが盛岡に転送されたとしか考えらない。以上のことから、啄木が小樽から発送した年賀状と荻浜から出した葉書の間に、仙岳から石巻に移ったことを報じる葉書か手紙があったことが予想される。恐らく、啄木が盛岡市馬町に送った年賀状は、石巻に転送されたと思われる。転送された賀状を見て仙岳は、石巻から小樽の啄木宛に返信を認めたが、本人は釧路に出向いておりすぐには見ることはできなかった。四月になって小樽に残してきた家族を迎えに行った際に、節子が保管していた仙岳書簡を目にして初めて、啄木は仙岳が石巻にいる事を知ったと考えられる。しかしこの時、既に仙岳は石巻を退去していたのである。

仙岳は盛岡高等女学校を辞めて石巻女子実業学校に転任した時も、石巻から盛岡に戻る時にも、旧住所宛に届いた郵便物を移転先に転送してもらえるように手配していたに違いない。現代であれば郵便局に住所変更届を提出することにより、旧住所に宛てられた郵便物が新住所に転送されるが、当時そのようなシステムがあったとは考えられないので、宛先不明で差出人に戻される郵便物は少なくなかったはずである。啄木から発信された三通の書簡は仙岳のもとに転送されたことにより、岩手日報入社後の二人の関係は始まったということができる。

本節冒頭に紹介した年賀状がなければ、岩手日報記事「石川啄木氏消息」が書かれることもなかった。啄木と仙岳の関係が最も親密になるのが、この記事が書かれてから啄木が没するまでの四年間である。この年賀状が本人不在で仙岳のもとに届いていなければ、明治四一年以降の二人の関係は違ったものになったはずである。

五　岩手日報入社後の仙岳と啄木

明治四一年九月一六日の日記は全集にして約二ページ分あり非常に長い。そのほとんどが啄木と岩手日報の関係について述べたものである。啄木作品の掲載が始まった明治三四年から渋民を離れて北海道に渡るまでを回顧し、五月に仙岳にあてた手紙が岩手日報誌上に掲載されたことにまで触れている。啄木は、なぜ急に岩手日報との関係をこれほど詳しく書く気になったのだろうか。

この日の日記の出だしは、「三四日前から毎日送つてくる岩手日報、今日から全然体裁が変つて、活字も新らしく、気持のよい新聞になつた。此新聞と予との関係も随分長い」である。

岩手日報本社落成の予告は、九月一〇日紙上の「来ル十三日ヲ以テ移転ス活字及ビ器械ハ一切新規調達ノモノヲ用ヒ電力ヲ応用シテ器械ヲ運転セシメントス▲活字全部新調▼」である。その後、一五日から印刷も鮮明になり、新聞広告としての効力は一層増大するので利用してほしいという内容の新聞広告募集記事も再三出されている。予告通り、一五日から新社屋で新器械、新活字を使用した新聞製作が始まった。この新聞が啄木に送られてきた。新聞を送ったのは仙岳である。

九月一六日を遡る事約四か月半前、荻浜を出港した三河丸は四月二七日朝横浜港に着いた。啄木は横浜で一泊し、翌日新橋に汽車で向かい、電車に乗り換えるのは面倒なので千駄ヶ谷の新詩社へ行くのに人力車を使った。数日新詩社で厄介になり、五月四日から金田一京助の住んでいる本郷菊坂町の赤心館にもぐりこんだ。本章冒頭の仙岳宛書簡は、赤心館から発信されたものである。

最初、啄木は小説で身を立てようとしていた。「夏目漱石の『虞美人草』なら一ヶ月で書ける」という思いで、釧路で出会った菊池武治をモデルにした「菊池君」を執筆した。次に釧路新聞の同僚だった佐藤衣川を思い描いて「病院の窓」の稿を起こした。さらに「母」「天鵞絨」「二筋の血」「刑余の叔父」を脱稿したが、売り込みに失敗、生活は困窮した。小説で失敗した啄木は、苦悩を短歌にまぎらす。三日間に二五〇首ほどを作るが、歌では食えない。小説は売れず、下宿代も払うことができない。九月六日、見かねた金田一京助が貧窮に喘ぐ啄木を救うため愛蔵の書籍まで処分して金を作り、本郷森川町の蓋平館別荘に移った。九月一六日の日記の「今度の移転の知らせの葉書でソ言つてやつたので、この頃毎日送つて来る」は、蓋平館へ引っ越したことを仙岳に知らせた事を指している。二年半以上途絶えていた啄木と岩手日報との関係が復活するのは、これ以降のことである。

「空中書」を書き始めたのは、岩手日報に関する長い日記を書いた翌日の九月一七日からである。「日報へ毎日送らうと思ふ」と日記に書いている。同じ日にしばらく疎遠になっていた福士神川へ葉書を出しており、さらに一八日には午前中に「空中書」の二回分と清岡等へ病気見舞いの手紙を書き、午後、盛岡を思い出した。夜には、金田一京助と中学の数学の教師であった今は亡き駒嶺先生のことを語り合った。急に盛岡や岩手日報、中学時代のことを思い出したのは、仙岳から送られてくる新聞がきっかけになっていると考えられる。「空中書」は、一〇月一三日から一六日まで三回、洛陽一布衣の名で掲載された。

一〇月二三日、仙岳から一一月三日の天長節に岩手日報に掲載する原稿の依頼が来た。中尊寺の印を押した葉書であった。啄木は早速一〇月二五日の日曜日に岩手日報へ「日曜通信」を書いて送った。この時、一週間で「日曜通信」と「小春日」の二つの原稿が岩手日報に送られているが、仙岳が依頼したのはどちらであったのかが紛らわしい。「日曜通信」は三〇日から一一月一日まで上、中、下三回に分けて掲載された。いずれも署名が「東京　石川生」で日付が二五日になっているが、日記には「日曜日。岩手日報へ〝日曜通信〟の第一を書いて送った」と記している。啄木は毎週日曜日ごとに原稿を送るつもりであった。「日曜通信」を送った翌日の二六日、仙岳にあてた手紙には「天長節号への御仰せかしこまり候。必ず間に合ふ様に何かお送り可仕候。出来うべくんば今後毎日曜毎に『日曜通信』差上度昨日その第一回分編輯局宛に差上候」と書いている。

「小春日」は、一一月三日の天長節に掲載された。「小春日」には新聞記事にして八行分の詞書に歌二〇首が添えられ、署名は「在京　石川生」である。詞書の後に「一日午後一時」と書かれているので、三日の天長節に間に合わせるべく締め切り間際に急いで仕上げたものと思われる。「日曜通信」は日曜日には掲載されなかった。この年の天長節は月曜日であり、この日の岩手日報はいつもの四頁より二頁多い六頁であった。仙岳が依頼した原稿は「小春日」であったと判断される。

明治四二年五月の下旬、啄木は「胃弱通信」を「在京　一病客」の筆名で書き岩手日報に送った。これは五月二六日から六月二日まで五回に分けて掲載された。その中で啄木は、盛岡が不活発、後進的、消極的な都市であると評論し、名産品の南部駒や南部鉄瓶に言及し、岩手公園に対する思いを綴っている。岩手公園は明治三九年九月一五日に開園したが、この当時啄木は渋民尋常高等小学校の代用教員をしていた。岩手日報には連日、東北一の公園関連の記事が報じられていたことは次の章で説明するが、渋民日記には公園が一度も出てこない。後世、回想歌として不来方のお城を読んだ歌はいくつかあり有名であるが、新しくなった岩手公園を啄木はいつ見たのであろうか。

前年四月末に函館に残してきた家族が上京してくることになり、啄木は慌てふためいた。たまっていた蓋平館の下宿料一九〇円余は、金田一京助が保証人となり一〇円ずつの月賦で返済することで折り合いをつけ、新井喜之助夫婦が経営する床屋「喜之床」の二階二間を借りた。六月一六日、宮崎郁雨、母、節子、京子が上野駅に着いた。二年以上前に一家離散して渋民を離れて以来、函館の二か月、小樽での四か月を除けば啄木は単身で生活をしていた。あまりにも長いあいだ家族を置き去りにしていたため、家族は崩壊の危機に瀕していた。

啄木は、九月二八日新渡戸仙岳にあて長い候文の手紙を書いた。自分でも感心するほど切り詰めた生活をしているがそれでも足りない、以前は借金をするのを何とも思わなかったが近頃はできるだけやめていると窮状を訴え、岩手日報に「百回通信」を連載させて欲しいと申し入れた。この手紙の最後のほうに「『東京だより』と衝突せぬ様の手心にて材料を選び毎日一段位」と書いている。

一年前の「日曜通信」の内容は、スベリー提督来日と文部省第二回美術展覧会で見た和田三造の絵「煒燻」の事であったことを、佐藤静子は『啄木・賢治』2号（二〇一七）の「評論『日曜通信』と自作短歌・自歌自注」の中で指摘している。この時のスベリー提督艦隊に関する記事が、二面に掲載されていた「東京だより」の内容とバッティングしていたのである。啄木はこのことを記憶しており、「『東京だより』と衝突せぬよう」との心構えを付け加えることを忘れなかった。

仙岳はすぐさま啄木の願いをかなえてくれた。明治四二年一〇月五日から一一月二一日まで二八回にわたり「百回通信」が連載された。これが啄木最後の岩手日報記事になった。上田博・田口道昭は『啄木評論の世界』の中で「（明治四一年以降の）啄木評論は生活のたしになるものとして書かれた程度のものと、自己の過去を振り返って反省を試みようとしたものとが書かれている」として、前者にはいずれも岩手日報に掲載された「空中書」「日曜通信」「胃弱通信」をあげ、後者には「樗牛死後」「一握の砂」をあげている。さらにそのうえで、前者の評論のスタイルが「百回通信」で結実したと評価している。

「百回通信」の連載が始まろうとしていた矢先、一〇月二日朝、啄木が出社した後、節子はカツに「近所の天神様に行ってくる」と言い残し、京子を連れて出て行ったまま帰らなかった。「私のせいで親孝行のあなたをお母様から背かせるのが悲しい。わたしの愛を犠牲にして身を引きます」という内容の書置きが残されていた。自尊心を傷つけられた啄木は、蓋平館にいる金田一京助のもとに駆けつけ「かかあに逃げられあんした」と泣き言を並べた。最愛の節子に愛想をつかされ食事はのどを通らない。夜は悶々として眠られず、酒をあおった。虚勢を捨ててふたたび帰ってくるように切望する手紙を書いて出した。十月九日に節子から「病気がなほつたら帰る」という手紙が届いた。同じ日に仙岳から原稿料として七円の小切手の入った封書が来た。翌日一〇日、啄木はまたしても新渡戸仙岳にあて長い手紙を認めた。「洗ひざらひ恥を申上ぐる外なし」として、節子が娘を連れて家を出たことを告げた。「(この状態が長く続けば)私は自分で自分の心がどうなるか解らず候(略)少くも私の為には節子の居らぬ間は唯苦しい心地あるのみに候」と苦しい胸の中を明かして、「若し道にてなど荊妻にお逢ひなさる様の事の候はゞ、よく〳〵右の私の心お説き聞け被下、一日も早く帰つてくるやう御命じ被下度伏して願上げ奉り候」と懇願している。

盛岡の実家に戻っていた節子は、宮崎郁雨に嫁ぐ妹ふき子の結婚支度を手伝ったりしながら過ごしていた。節子は嫁姑のぎすぎすした生活から解放された気分になりこのまましばらく親元で暮らせたらいいと思ったが、仙岳から説得されしぶしぶ東京へ戻った。一〇月二六日朝、節子は京子と共に喜之床に帰り、精神的に追い詰められていた啄木はぎりぎりのところで救われた。

節子の家出事件を境に、啄木は生活態度を改め、身を粉にして働き始める。百回通信は一一月二一日の二八回が最終回になった。二七、二八回は盛岡中学の恩師「富田（小一郎）先生が事」で、最後の原稿を書き終えたのは一九日午前九時半であった。一一月末から一二月初めにかけて東京毎日新聞に「弓町より（食ふべき詩）」を二回に分けて連載し、『スバル』一二月号に「きれぎれに心に浮かんだ感じと回想」を発表するなど評論でも新境地を拓いた。

六　明治四三年秋　仙岳の上京

啄木が亡くなって三日後の岩手日報「閑文字」欄に、仙岳は「一昨年秋、東京に於いて（啄木氏と面せるとき」と書いている。この時、啄木の家を訪問し様々な話題を話し合った。お土産は啄木の好きだった「芋の子」で、啄木は旧師の来訪を喜び、甘党の仙岳を山盛りにしたお菓子でもてなしたという（『啄木を繞る人々』吉田孤羊）。仙岳が啄木の家を訪ねたのは何時の事なのか。

当時は人々の往来の様子を短く告知する欄がどの新聞にも設けられていた。岩手日報掲載「ゆきき」の欄を隈なく調べてみたが、仙岳が東京へ出かけたことはまったく記されていない。岩手日報主幹の清岡等が花巻まで行って戻ってきたことは「ゆきき」に掲載されており明確なのに、なぜか仙岳の記録はない。ところが、岩手毎日新聞明治四三年一一月二五日の「往来」の欄に「新渡戸仙岳氏（日報記者）昨日上野より」という記事が残されていた。ここからこの年の秋、仙岳が上京して啄木と面会した時の様子が明らかになった。

岩手毎日新聞の「往来」記事から、仙岳が上野を発って二四日に盛岡へ戻ったことはわかったが、遡っていつ盛岡を出発したかについては記録がない。出発した日付は他の資料から推定するほかなさそうである。

この当時、岩手日報二面下には「無題録」、三面下には「うめ艸」が掲載され、ともに読者の人気を呼んでいた。「無題録」の執筆を福士神川が受け持ち、「うめ艸」は主に仙岳が担当していた。一一月一八日の「うめ艸」は仙岳が書いたものであるが、二〇日からは執筆者が代わっている。二〇日は文章の最後にカッコ書きで「一刀庵両断居士」の署名がついており、二二日の署名は「四」に変り、二三日にはまた「一刀庵両断居士」に戻る。二五日から二七日までは「うめ艸」欄がない。二〇日から二三日までの三回分は、一八日までの仙岳が書いたものとは文体がまったく異なっており、題材も普段とは違っていることから、明らかに別の人間が交替で代役を務めたと考えることができる。二〇日の「無題録」は、一週間ほど前に東京朝日新聞の西岡独酔が盛岡を訪れた際に秀清閣で催された歓迎の宴の模様を、東京にいる佐藤真一宛に電報を打って知らせたところ、驚いた北江は清岡等に手紙を書いてよこしたことを題材にしており、この中に「本来ならばうめ艸に回るべきだが生憎担当者が上京中不在と来ているので本欄の余白」で取り上げると断りを入れている。以上のことから、仙岳は一八日の「うめ艸」原稿を執筆した後、上京の途に就いたものと推測できる。仙岳書の「うめ艸」が再開されるのは一一月三〇日のことである。再開された「うめ艸」の中に上京中の様子が事細かに記されている。

仙岳は社用で出かけたのではない。岩手日報社の仕事で上京したのであれば「ゆきき」の欄に動向が示されたはずである。それがないのでプライベートな用向きで上京したことがわかる。吉田孤羊著の『啄木を繞る人々』（一九八四）によれば、この時の仙岳の上京のいきさつは以下のようなものである。

明治四十三年六月、全日本を驚愕さした例の大逆事件が発覚して、一味の極左的無政府主義者達が次次と逮捕されて行つた。そのころ盛岡にあつて頻りに左傾本を耽読し「平民新聞」などの愛読者だつた啄木の知友—かつて啄木が出した「小天地」の出資者であつた大信田金次郎（落花）氏も、大逆事件に多かれ少なかれ関係あるアナーキストと睨まれ、実家である同市川原町の和泉屋呉服店の付近には、日夜制服の警官が張り込み、店に出入りするたゞの客まで注意され、恰度コレラでも発生した家のやうに怖れて客もよりつかなくなるといふ、（略）この時落花氏の父君は殆ど商売が上つたりの有様なので、泣かんばかりに困惑してその善後策の智恵を新渡戸仙岳氏に借りたのであつた。それで氏は「盛岡のやうな狭い処に息子さんを置かれるより却つて広い東京に出した方がいゝでせう。」と教へ、氏もそのころ東京に所用があつたので、落花を伴つて上京し、神田連雀町に宿をとつた。

この時、啄木と仙岳は少なくとも三度会っている。最初は上京直後のことと思われる。上京した当日の夕方、予告なしに朝日新聞社の編輯局を訪ねた可能性が高い。東京に着き次第、まずは朝日新聞社を表敬訪問し、上京したことを伝える。その際に、決して長居をせずに、上京中の再会の約束だけを取り付ける。このやり口は、福士神川が上京した時に用いる常套手段と良く似ているので、神川直伝だったかもしれない。その時の様子は、一二月三日の岩手日報三面下にある「うめ艸」欄に示されている。

僕の朝日の編輯を訪ねたのは、晩の五時過ぎで有つたから、知人は最《も》う大抵帰つたで有らう。其の中の一人でも残つて居るなら幸で有る。と期待した。処が、北江、独酔、艸方、銅牛、啄木諸兄が皆揃ひ居《お》つて満面血色美《うる》はしく、尚仕事と奮闘中である。（略）無用の閑談に時を移して、諸兄の奮闘を妨ぐるに忍びず、匆々にして帰つた。

上京二度目の再会が本節冒頭に記した啄木宅訪問である。吉田孤羊『啄木を繞る人々』によれば、「啄木のふだんから喰ひたい〳〵と言つてゐた盛岡名物の芋の子をどつさり、手土産にして突然弓町の啄木を訪ねた処、啄木は常に厚恩を蒙つてゐる旧師の唐突の訪問を涙を流さんばかりに喜び」菓子を山盛りにして歓迎したという。

これより一年前の明治四二年九月二八日の啄木書簡の中に「それかこれかと思廻せば、恋しきは今も昔も津志田の芋の子の味」という一節があり、仙岳はそのことを忘れずに覚えていたのである。津志田の「芋の子食い」は盛岡の秋の風物詩であった。秋晴れの日曜祝日は芋の子会が盛んに催され、仙北町からはるか南の津志田の町並みは盛岡から押し寄せた多くの客で夜遅くまで賑わっていたことが当時の新聞記事に残されている。啄木も盛岡中学時代に仲間と食べに行ったことがあり、懐かしんでいたのであろう。

この時、啄木がやつれているのを見て仙岳は「病気じゃあないですか」と言うと、「近頃身体の加減はあまりよくありませんが、別に病気ではありません」と答え、その夜は十二時近くまで主に大逆事件のことについて熱した語調の批評を聞かされて帰った。

その翌日か翌々日の夜、今度は啄木が連雀町の仙岳の宿を訪ねた。これが三度目の再会である。そしてこの出会いが今生の最期となった。この時の様子は仙岳が盛岡に戻って間もなく書かれた「うめ艸」（一二月三日）の冒頭に記されている。

頃日、東京で啄木君が訪ひ呉れた時、盛岡出身の操觚者にて東京にある人々の噂が出た▲其の時君は北江君の朝日に柱石の重きを為して居ること、社員全体から大いに推服されて居ること、及ひ其の精謹なること等を具体的に話して聞かされた▲北江君の欧米漫遊より帰つて来てから、已《すで》に半歳を経過してるが、爾来日々早出遅退未だ曾《かつ》て一日の欠勤もない。殊に人をして感服せしむることは、君の近来リユウマチスか、神経痛かで、脚部に激痛を起してるにも拘はらず、其れを躄引《ずりひ》きながら、強《つと》めて出《い》で働いて居る。其の精力の強大なる実に驚くに堪へたりと

また、この時啄木は「先生、今なら社会主義無政府主義に関した本はとても安く買へますよ。五六百頁のものが五銭か十銭位です。何せ古本屋にあるのさへ片つ端から没収されてゆくので、値切れば値切つたゞけ安く買へるんです。」と喜んでいた（『啄木を繞る人々』吉田孤羊）。

この時の仙岳の上京は一一月一八日頃から二四日まで一週間ほどだったと考えられる。東京朝日新聞社編輯局を訪ね、啄木と三度会ったほかに、博文館の編輯部で巌谷小波、坪谷水哉、田山花袋等と会い文士の心構えなどを聞いている。さらに別の日には、上野の表慶館へ行き頼山陽の墨蹟を見学している。これを見て頼山陽の一族で岩手県を訪れ墨痕を留め去った鴨厓のことを思い出した。長年探し求めていた鴨厓の詩を集めた北溟遺珠を探すため、表慶館を出て帝国図書館に行き遂に見つけることに成功し「欣喜に堪へない」と感激している。一緒に上京した大信田落花の面倒を見ながら、かねてから行きたいと願っていた様々な場所へ足を運んだようである。それでも時間が足りず、会うことができなかった知人の近況を啄木に頼んで聞いてもらったりもしている。仙岳が上京していた時の様子は、盛岡へ戻ってから再開された「うめ艸」（一二月一日〜

五日岩手日報）に掲載されている。

仙岳が上京するわずか三週間ばかり前、啄木の長男真一が亡くなった。宮崎郁雨へ誕生を知らせる手紙に「年をとつた所為か子供が可愛くてしやうがない」と書いたが、死亡を知らせる時には「僅か二十四日の間この世の光を見た丈にて永久に閉ぢたる眼のたとへがたくいとしく存候」と悲しみを綴った。生まれたときは丈夫そうに見えたが、実際には心臓の具合が悪く虚弱だった。このような時期の五年ぶりの再会である。仙岳が弓町の自宅へ訪ねた時、「（啄木は）旧師の唐突の来訪を涙を流さんばかりに喜び」（『啄木を繞る人々』吉田孤羊）というのは決して誇張ではなかったと思われる。啄木、仙岳ともに忘れられない思い出となったに違いない。

仙岳が東京から戻って間もない一二月初旬、啄木の名を後世に残す歌集『一握の砂』が刊行された。『一握の砂』は直ちに仙岳のもとに送られた。しかし、岩手日報に「一刀庵」の署名で「『一握の砂』を読む」という一文が掲載されたのは本が送られてから一か月近くたった一二月二九日の事であった。

篷雨君の机の上に乗つて居た「一握の砂」と云ふ本を手に取つた。これは篷雨君が眼病の為に未だ見ずに置いた本で、「石川啄木著」とある。（略）それを読んではじめて之は歌集――新派の歌集――であることが解つた。元来僕は、新派も旧派も、歌なんどはサツぱり解らん方であるが（略）

仙岳は以前から日を患っており、この年の暮れも目が良く見えないことを仄めかす記事が残されている。仙岳に送られてきた『一握の砂』はしばらくの間、仙岳の机の上に放置されていたのである。一刀庵の筆による「『一握の砂』を読む」の記事は、この年最後の仕事納めの日、二八日に書かれたものである。できるだけ早く岩手日報紙上に紹介するつもりで机の上に置いていたが、目の具合が思わしくなく、自分で書けずに切羽詰まって一刀庵に頼んで書いてもらったものと判断される。ここにも啄木に対する仙岳の深い思いやりが感じられる。

七　啄木との別れ

東朝記者たる石川啄木氏の遠逝を報じ来る。昨夏、結核性腹膜炎に罹れるよし聞きつるより、其の世にあることの永からざるべきを密かに嘆《かこ》ち居しが、終に一朝千古となれるか。一昨年秋、東京に於いて氏と面せるとき、氏は将来の志望事業等に関し伏蔵なく予に洩す所ありき。斯くて余の将に帰郷せんとするの夜、余が寓に音ひ来て、しきりに別情を述べたりしが思ひきや是れ即ち氏と面晤するの終りならんとは。氏は去る明治四十一年来其詠歌、随筆、評論等を岩手日報に寄せて、時々紙上に花を添へたりしが、此の人今はすなはち亡し。玉樹稠摧して山、色を失し、筆花零落して硯、塵を生ずるの感に堪へず。殊に其の女の尚幼なるに想到せば、同情の涙禁じ得ざるもの有り啄木死後三日後の明治四五年四月一六日、岩手日報「閑文字」に掲載された追悼文である。この文章からも明治四一年以降、岩手日報に掲載された啄木作品は新渡戸仙岳が関係していたことがわかる。福士神川は体調がすぐれず、三月半ばで「無題録」の連載をやめ出社していなかった。神川が健在であれば自らが筆を執り、啄木が岩手日報に寄せた作品は「明治四一年来」ではなく「明治三四年来」と書いたはずである。

第一章の「はじめに」で取り上げたが、『石川啄木事典』の「岩手日報」は、啄木と最も重要な繋がりのある福士神川にはわずかしか触れておらず、啄木とそれほど関係が深くない上村才六が長々と説明されておりまったく的がはずれている。神川が健在で啄木の追悼文を書いていれば、川並秀雄が『石川啄木新研究』（一九七二）で指摘するはるか以前に、岩手日報における福士神川と啄木との関係が明確になっていたはずであり、『石川啄木事典』の「岩手日報」の記述も大幅に変わっていた可能性がある。

清岡等は前年明治四四年九月に岩手日報社主幹を辞めていた。九月一九日の岩手日報三面に「都合に依り日報社退社致候」という謹告が載り、同じ日の二面には退社の理由を「●清岡主幹の退任」という見出しで電気事業をはじめ種々の事業に携わり、多忙のため他に力を分かち得なくなり、社主に退任を申し入れたと説明している。九月二一日には、「本社の経営は坂本社主と新渡戸宗助氏両人にて処理することとなれり」という短い記事が出た。その後、一二月五日には「●本社の改革」の見出しで、「清岡等氏は主幹を辞して」から「社主坂本自身の経営に移り新渡戸宗助氏」

が代理人となって社内一切の事務整理が終わり、引き継ぎが完了したので「近日中に専任の主幹を選定」するという記事が載っている。この改革で「編輯部にては従来本社社員たりし篷雨（新渡戸仙岳）氏は客員となりて外部より紙面の光彩を添ゆるに尽力すること、なれり」としている。この後、文書を偽造して盛岡電気株式会社の公金を使い込んだ横領文書偽造事件が発覚し、清岡等は明治四五年三月二〇日に懲役八年の有罪判決を受けた。

啄木と深いつながりのあった三人の岩手日報関係者の中で追悼文を書ける立場にある人間は仙岳しかいなくなっていたのである。

仙岳は大正二年五月に岩手日報を退社、六月には上村才六が社長を務める岩手公論社に入り、梅窓生の筆名で随筆「閑是非」を連載し、翌三年一〇月には非佛の名で随筆「破草鞋《やぶれわらじ》」を書いた。大正八年から翌年まで私立岩手家政女学校長を務め、昭和四年には岩手毎日新聞に入社、昭和八年に同紙が閉刊するまで社長を歴任した。昭和二二年に岩手県立図書館嘱託となり、昭和二三年には郷土史学研究の功績により第一回岩手日報文化賞を受賞した。仙岳は岩手日報在職中から岩手県誌編纂顧問、南部藩史編纂委員などを歴任し、「郷土史家」としても活躍した。また、書家としても有名で、各地の碑文や掛け軸、扁額に数多くの書が残されている。雫石町を流れる矢櫃川上流の堀合神社の扁額も仙岳の書によるものである。

仙岳は昭和二四年四月、数十年間かけて収集した蔵書の一切を岩手県立図書館に寄贈した。「宝翰類聚」「寺社町奉行留」など貴重なものばかりで「新渡戸文庫」と名づけられた。寄贈の年の秋九月二四日、盛岡市仙北組町の自宅で天寿を全うした（享年九一歳）。葬儀は岩手県初の「文化葬」として多くの市民が参加して営まれた。

仙岳は盛岡高等小学校時代の啄木の恩師である。多くの場合、学校を離れれば師弟の関係は途絶えるのが普通である。幼少時代から中学まで啄木を育んだ恩師は数多いが、啄木死後に追悼文を書いた恩師は仙岳ただ一人である。新渡戸仙岳は恩師の中でも特別な存在なのである。仙岳は本節冒頭に引用した岩手日報「閑文字」掲載文のほかにもう一つ追悼文を書いている。雑誌「曠野」に載せた一文の中に二人の関係を良く物語っているものがあるので引用する。

余の常に石川啄木氏に感ずる所のものは、其の師に対するの恩情に在りき。彼れ其の教を受けたる人に対するや、其の小学たると中学たるとを論ぜず、寒暑の音問を怠らず、其の文時に簡短なるも尚よく其の間に掬すべきの温情を包含す。又其の境遇の変化に際しては、必ず先ず其の概況を師に告ぐ。其の報ずる所赤裸々にして誇るべきは誇り、悔ゆべきは悔いて毫末も隠す所あらず。由来天才の行動は常軌を逸することあるの常なれば、氏もまた世の非難を招くの行為なきにしもあらざりき。唯平素熱誠を捧げて其の師を敬愛するの一事に至りては、氏の如きの人また多からず。惜いかな今は則ち亡し。曾て氏を教育せる人々の氏の訃音に接するや、齊しく皆此の事を追憶し、その死を悼むや切なり。

仙岳の人物評が明治四三年四月二二日、岩手日報三面掲載の十八公著の「●長所一百人」に掲載されている。このシリーズは四月一四日から始まったが、その四五番目として「新渡戸仙岳氏（岩手日報記者）」が取り上げられている。

書は山口氏と盛岡の両大関と称せられ俳諧は新旧を咀嚼し尽くして別に一家を為す、博識令聞杜陵文界の王たり、而も温厚にして閑雅、人に対する極めて謙譲、篷雨先生の雷名を知って氏に逢う者誰か其別人の感を起こさざらんや謂う可し徳人。

第八章　啄木と佐藤北江

はじめに

岩手日報に掲載された記事を基に啄木との関係を考察してきたが、両者のかかわりは福士神川、清岡等、新渡戸仙岳ら当時の岩手日報を代表する人とのつながりによるものであることがわかった。これらの人に加えて、明治四二年から四五年までの晩年の啄木にとって命の親ともいうべき人物の存在を忘れてはならない。東京朝日新聞編集長佐藤北江その人である。佐藤の名をとり息子に真一と名前を付けたほどの、啄木にとっての大恩人である。この人がいなければ『一握の砂』も、最晩年の評論も存在し得なかった。啄木は朝日新聞社員のままこの世を去ったが、亡くなる前一年二か月は病気でまったく出勤できなかったのに、給料は毎月欠かさず支払われた。この陰には入社の時以来、常に北江の温情があった。

本章では、北江と啄木との出会いから朝日新聞入社にいたるまでの過程で、岩手日報人脈が、ある役割を果たしていた可能性について論じることにしたい。これまでこのようなことはまったく論じられたことがないが、今回、数多くの岩手日報記事を調査したことにより、福士神川と佐藤北江が非常に親密な関係にあったことがわかった。啄木が北江に就職依頼の手紙を書き面接をした直後に、福士神川と清岡等が上京して東京朝日新聞の関係者と会っていたことが判明した。北江もまた岩手日報に連なる人であったのである。ここではまず、北江の来歴を述べ、続いて啄木との出会い、北江と神川の関係に触れてから啄木朝日新聞入社の問題を取り上げたい。

一　北江佐藤真一の来歴　巌手新聞から東京朝日新聞へ

佐藤真一は明治元年一二月二二日、佐藤貞吉・左命子の長男として盛岡市に生まれた。五歳で父を失い、母の手で育てられた。明治一三年六月から同一五年七月まで盛岡中学に在籍していたが、虚弱体質のため中退した。中退後、岩手師範学校、岩手中学で漢学を教えていた川上玄之の門下生となり、漢学だけでなく川上の学識や人生観を学び、その将来を見込まれて娘ミキと結婚した。ミキが亡くなった後、妹のミエと再婚している。真一はこのほかに盛岡市呉服町の求我社内に設けられた書籍展覧所で、東京で発行された書籍や新聞を読むことを続けていた。この私設図書館に通い学んだ人間として、横川省三や鈴木舎定の弟の鈴木巌がいる。

求我社は明治六年に旧藩士の結社として起こり、図書、新聞の閲覧所を開いて中央の動向を盛岡の人々に知らせる役割を果たしていた。佐藤真一が十代の頃、自由民権運動の風が東京から吹いて来て、若者たちの目を政治に向けさせた。真一の知識やジャーナリスト志向に大きな影響を与えたのは鈴木舎定である。岩手県自由党を代表する論客で、盛岡新誌に有力な論陣を張っていた舎定が死んだ年、真一は北江狂士という名で巌手新聞に投書記事を書いた。これに目を付けたのが西岡雄説（独酔）である。西岡もまだ二〇歳前の若者であったが、北江の素質をいち早く見出し、投書よりも記者として記事を書かせるほうが得策だと考え、当時一六歳の北江に記者になるよう勧めた。

巌手新聞記者となった北江は、明治二〇年、自由党の用務で上京した鵜飼節郎に同行して鈴木巌と一緒に東京へ出た。伊東圭介（伊東圭一郎父）の紹介で星亨が経営していた自由党機関誌「政論」、ついで「自由燈」の記者となった。「自由燈」はやがて「めさまし新聞」となり、大阪朝日に買収されて東京朝日が創刊された。

従来、佐藤真一が東京に出てから東京朝日新聞に入社するまでの経歴には不明な点がいくつかあった。今回、岩手日報の前身である岩手日日新聞の調査により、以下のことが新たに明らかになった。

明治二一年五月二九日の岩手日日新聞二面に、「先に当新聞社の編輯に従事したりし佐藤真一氏は公論新報創業の際入社して爾来その編輯に従事しありしが、近来同社と意見相協はず、去る十九日を以て脱社（略）今度発刊する『世界』の編輯に従事するはず」という記事がある。佐藤真一は「自由燈」「めさまし新聞」記者の後、新しく創業された公論新報社に籍を移したものと考えることができる。「公論新報」は明治二〇年に星亨が「めさまし新聞」の外に新たに創刊した新聞である。朝日社史によれば、星は右手に大《おお》新聞の公論新報を、左手に小《こ》新聞の「めさまし」をかざしつつ専制政治に立ち向かおうとしていた。

寺崎太三郎が書いた「勤勉二十七年」という一文の中に「慥《たし》か明治二十年だと覚えてゐます、星さんがめざましの外に、『公論』と云ふ新聞を新たに発行することになりました、此『公論』の発行と同時に佐藤さんが入社されたのであります」と記されている。

また、同じ日の三面に「各地通信」という欄があり、その中の「東京通信（五月二三日発）」に「今度『世界』と題する一大政治新聞が発行されること、直論討議社会の改良を目的とすること、京橋区三十間堀に発行所を、同区滝山町に印刷所を置いて六月一〇日に第一号を発刊する計画であること」が明記されている。五月二九日の二つの記事は深く関連しており、この情報は佐藤真一本人からもたらされた可能性が高いと判断される。

それから約三か月後の八月二五日の同紙には、「佐藤真一氏は『せかい』新聞操業の際より同編輯長に従事し居られしが今度東京朝日新聞の聘《へい》に応じ同社に入りて相変わらず尽力される由なり」の記事が認められる。北江はここで東京朝日新聞に移り、以来編集長として二七年間在籍したことが判明した訳である。

二　啄木との出会い

啄木と佐藤北江の最初の出会いについて、金田一京助は「石川啄木の命の親　朝日の佐藤編集長」（岩手日報　昭和三六年四月一三・一四日）の中で以下のように書いている。

（明治四二年）一月も終わるころだったある日「こんなものを書いたが、見てください」と、持ってきたのは「朝日新聞編集局、佐藤北江先生親展」という一通の手紙だった。見ると、「小生は、別紙履歴書の如きものであります。御社では、私の如きものを、使ってくださいますまいか。但し小生は、生活のため、月三十円を必要とするものにこれあり候也。」

私は驚いて「こんな、言い付けるんだか、頼むんだか、わからないような手紙をやったとて、採用してくれるだろうとは思えないなあ」と言うと、「そう？　一番わるくって、元々だ。なあに出してみますよ」と言って出した。

数日後「返事がきた、きた」というから「なんといってきたの」と聞くと「すべては会って話しての上だ、ついてはきたるなん日、ご来社これありたくとあるから行ってくるハカマを借して下さい」と、私のハカマをはいて出て行ったと思ったら、すぐ帰って来た。「だめかと思ったら、こういうのだった。名刺を出して、応接へ通され、立って待っていると、しばらくして、ノックの音がして、ドアを押して、ボッと現れたのは、色白の太った男だった。「やあ！」というので、こちらも釣りこまれて「やあ！」というと、向こうが「私が佐藤！」といったから、こちらも「私が石川！」といったら、少し笑いかけて「さあ！」とイスをさしたから、初めて自分も腰かけた。佐藤さんも、腰をおろしながら「時にあなたは、校正でも、やる気はありますか」ときたので、ガッカリしたけれど、背に腹は替えられない。大朝日だ。校正係りへいくらくれるかな、と思ったから、思ったままを「なんぼう下さいますか？」と出たら、「いや、あなた三十円必要だというんじゃないか」それなら、やってもいいな、と思ったままを「それじゃ、やります」と答えながら、あまり現金で、おかしかったから、自分で、アハハハと笑ったら、佐藤さんもアハハハ。二人で、しばらくは「アハハハアハハハ」の合奏。佐藤さん、まず口を切って、「じゃ、追ってさたします。さよなら！」と立ったから私も「さよなら！」

会見二分、およそ必要な言葉以外、なにもいわない。こんな会見生まれて初めてだ。佐藤さんて、愉快な人だ。いや新聞人は、ああでなくちゃ。こんどの話は、できなくたって満足した。

と言って喜んでいると、そのうちに「きたる三月一日から、ご来社これありたく」という通知がきて啄木が朝日新聞社の社員にきまったものだった。これこそ命の綱だった。この話ができなかったら「晩年の啄木」は無かったであろう。

就職が決まった時、函館にいる母と妻節子に喜びのハガキを書き送り、金田一京助のフロックコートを質に入れた金二一円でてんぷらを肴にしてビールを飲むというはしゃぎぶりであった。

このあとの啄木の人生を考えると北江との出会いがいかに大きな事であったかがわかる。初出社直後の宮崎郁雨宛の手紙には「(朝日新聞)社に二十何年勤めてゐる佐藤といふ編輯長がある、盛岡の人で、今では社の重鎮だ。この人に突然頼んだところが早速承諾してくれて、アキのないのを無理に入れてくれることになつたのだ。（略）四月からでなくては実は入れられなかつたのださうだ。それで当分これといふ仕事はない。（略）これで先づ、僕の東京生活の基礎が出来たと言つてもよい。安心してくれ給へ。」と書いている。さらにその三日後には森鷗外にも「此度『東京朝日』に長く編輯長を勤め居候同県出の佐藤と申す人の世話にて、去る一日より月給二十五円、夜勤手当一夜一円との事にて同社にて使つて貰ふことと相成、（略）旅費その他の苦面のつき次第函館なる家族を呼び寄せ東京に永住の方針をとりたくと存じ（略）出来る事ならば小生は一生朝日新聞社に奉公しても宜敷と、否、致度と存居候」と心境を書き送っている。

しかしながら、金田一京助の書いているような「やあ！」「やあ！」「私が佐藤！」「私が石川！」「アハハハアハハハ」のやり取りをしているうちに朝日新聞入社が決まったというのは果たして本当であろうか。話はそんなに簡単だったのだろうか。

これより半年以上前に、小説は売れず下宿代も払えなかった啄木は、読売新聞三面記者五名募集の広告記事を見て履歴書を書いて送っている。駄目でもともとと思いながら、希望俸給額を四〇円か五〇円と書いたことが災いしたのかもしれないが、読売からはまったく相手にされなかった。

啄木が朝日新聞に入社してから二か月後、渋民村の助役をしていた岩本武登の息子である岩本実が、徳島県生まれの清水という青年を連れて下宿に現れた。岩本実は渋民を飛び出して横浜にいる叔母を頼って来たが、二週間後、渋民までの旅費を渡されてそこを出された。しかし、どうしても東京で働きたくて神田の宿屋に入り、清水と知り合いになったという。清水は親と喧嘩して家を飛び出していた。啄木は、仕事があったにもかかわらず、休んで二人の下宿を探したり飯を食わせたり面倒を見てやった。田舎から出て行った若者にとって、東京で仕事を見つけるのはやさしい事ではなかったのである。私は、朝日新聞入社には、佐藤真一以外のほかの人間の見えない力が働いていた気がしてならないのである。啄木は死ぬまでそのことに気付かずにいた可能性が高い。

三　佐藤北江と福士神川

佐藤北江は若い頃、岩手日報の前身である巌手新聞に投書記事を寄せ、それが認められて記者として採用され入社した。岩手日報が記者生活の出発点になっているため、朝日新聞入社後も日報とは深いつながりがあり、頻繁に記事を書き送っている。

明治二一年八月に東京朝日新聞に入社した直後の九月一八日、北江は岩手日日新聞に在京岩手県民の肩書で「朝野新聞は我岩手県民を罵詈せり」という投書記事を寄せている。投書記事の前に「●佐藤氏の投書」と題する投書文そのものよりも長い解説文がついており、その中で、朝野新聞に掲載された「(岩手)農民の頑愚なる旧来の習慣にのみ泥みて容易に聴き入れず」という表現は、岩手県民を罵詈し侮辱しているとする佐藤の意見と同感だと支持している。

巌手新聞時代の佐藤北江の記事で最も有名なのが「日本鉄道公社の鉄道路線」で、これが大きな反響を呼び世論を喚起したことにより、東北本線は仙台、山形、秋田ルートから現在の仙台、盛岡ルートに変更になった。「朝野新聞は我岩手県民を罵詈せり」は、北江が東京へ出てからも岩手やふるさとの人に対する思いを変わらずに持ち続けていた事を示す記事である。

明治二六年一〇月一三日、岩手公報には「東京朝日新聞なる佐藤真一氏は昨日の第一列車にて来盛せり」、一九日には「佐藤真一氏は兼て来盛中の処《ところ》昨日帰京の途に就けり」と動向が逐一報じられている。この時は盛岡を訪れた理由が示されていないので、私的な用件で来盛したと考えられる。恐らく、用件の合間に古巣を訪問して昔の仲間と旧交を温めたと思われる。

岩手日報の中でも佐藤北江と最も親しかったのが福士神川であった。神川が書く記事の中に頻繁に北江の手紙や名前が登場する。明治三九年秋に岩手公園開園式が行われた際に東京、大阪の代表的な新聞各社から記者が招待された。新公園の紹介と岩手県、盛岡市の商工業を広く内外に周知させる目的であった。東京朝日新聞社の代表として派遣されたのが佐藤真一である。当時、岩手日報の三面上に「よせがき」というタイトルのコラムがあり、担当していたのが神川であった。九月一三日から二二日までの「よせがき」に北江が何度も登場する。

佐藤北江は今度の開園式に東朝を代表してやツて来るソーだ▲渠《かれ》は新公園の名称に就て以下の一文を認めて僕によこした▲即ち本欄に紹介すること、する（略）

として以下一段以上にわたり北江の原稿をそのまま掲載している（九月一三日記事）。岩手公園開園式が挙行されたのは九月一五日であるが、翌一六日の「よせがき」はすべて開園式の模様が綴られている。招待された各新聞社員の最初に佐藤真一をあげ、対面した時の様子を「北江とは幾年ぶりかの久闊のことであるからどうだ君、故山の風物は君の眼光にナンと映ずるか進歩かね退歩かねと劈頭に一ツ問ふて見たところが彼は前者だよとニコニコして居られた君も大分太ツたねとやツたところがソー云ふ夫子はどうだとしつぺい返しを喰ツて僕はグーと参ツた」と書いている。さらに、一九日「よせがき」には、今回招待された京阪記者の一人として佐藤北江を次のように書いて読者に紹介している。

▲佐藤氏のことは既に紹介して置いたシ又紹介せずとも東朝の編輯長として操觚社会の先進として聞えてるのだから此上ともに蛇足は添へまいが氏はズツとの以前は本社の前身たる岩手日々新聞当時の記者で僕とは所謂鰯煮た鍋をツ、突き合た交情《なか》である氏に取りては本社は実際母社（?）なのである▲氏も今度は久しぶりの帰省だから山に川に怎《ど》うしても依々恋々たらざるを得ないので前條の行程を果たした上で不日当市へ逆戻りをするソーだ何れ其際は面白い談話を聴き得るであらうとソレを楽しみにハイ待つてますよ

京阪記者一行は、一五日は岩手公園開会式の後盛岡市主催招待会の宴席に出席。一六、一七日

は石割桜、小岩井農場、盛岡高等農林学校、報恩寺などを巡回視察。さらに一八日には県南に移動して黒沢尻の雨宮仙人鉱山を視察。一九日には平泉を訪れ中尊寺、毛越寺を見て一関で解散した。九月一九日岩手日報四面の広告欄に七名の連名で「私共滞盛中御厚誼を蒙り候段難有謹而御礼申上候」という御礼広告を掲載している。この中の六番目に佐藤真一の名前が記されている。この後、北江だけが一人盛岡へ戻って来た。これは一九日の「よせがき」にも示されている計画的行動であった。二二日の「よせがき」は次のように始まる。

予定の行動を取り了《おわ》りたる東朝記者佐藤北江は一昨日を以て当市へ捲土重来した▲一計(清岡等)主幹を始め待ち設けてた我々は直ちに秀清閣に招請した

引用した記事は、これ以降一段と三分の二におよぶ長文すべてが、盛岡電気会社の坂水技師長を加えた岩手日報関係者による「佐藤北江慰労会」の名を借りた大宴会の模様を綴ったものである。宴会の最後に佐藤北江が十数個の生玉子を曲飲みするという放れ芸を披露したという落ちがついている。いかに北江と岩手日報、福士神川の結びつきが強かったかがわかる記事である。

啄木が代用教員を免職になる直前、渋民で悪戦苦闘していた明治四〇年四月初め、神川は盛岡を出発、上京の途に就いた。前回から約一〇年ぶりの上京で、東京勧業博覧会視察と全国記者大会出席のためであった。この時の様子は「◎東上日記」の表題で四月六日から二七日まで一七回にわたって岩手日報二面上段に掲載された。約半月間の長期滞在の間に東京勧業博覧会会場に何度か足を運び、全国記者大会に出席したほか、大日本麦酒株式会社見学なども行っている。

公式な行事が終わってからは、坂本安孝岩手日報社主主催の隅田川船中観花に佐藤北江らと共に招かれた。この時の様子は、十八公の署名で岩手毎日新聞の一面「◎東京見物（其十九、二十一）」にも詳しく報じられているほか、これより七年後の大正二年四月二二日付岩手日報一面「閑文字」に掲載された「上田芳太郎君からの手紙」の中にも記されている。四月一四日、佐藤北江、福士神川、上田芳太郎に加えライバル社の記者である十八公（井上松郎）を交え、川船で酒と肴のもてなしを受け、向島に渡り花見を楽しんだ。

さらにその後、神川は、北江と一緒に在京岩手県出身記者懇親会の幹事を任されたりもした。上京直後に東京朝日新聞を表敬訪問したのを皮切りに、北江とは都合四回顔を合わせたほかに、電話でやり取りもしており、二人の関係の親密さが読み取れる。東京を離れる日の午前中には、麻布霞町の北江宅に御礼の挨拶に伺い、佐藤夫妻と母親さめ子から葡萄酒とバナナの饗応に与かったことも記されている。

四　啄木の東京朝日新聞社入社をめぐって

函館の宮崎郁雨に節子、京子と母カツを託し、啄木が単身上京したのは明治四一年四月末のことである。啄木は小説で身を立てることを決心し、北東新報の菊池武治をモデルにして「菊池君」

を、また釧路新聞の佐藤衣川を思い浮かべながら「病院の窓」を書いたがうまく行かなかった。夏には読売新聞社の三面記者募集の広告を見て履歴書を送ってみたがまったく相手にされなかった。一一月一日から東京毎日新聞に「鳥影」が連載され、やっと原稿料が手に入ることになったが、依然として妻子を呼び寄せることができなかった。

翌年二月三日、啄木は盛岡出身だがまったく面識のない東京朝日新聞社編集長佐藤北江のもとへ、履歴書と『スバル』を同封した手紙を送った。二月六日、啄木は一人で朝日新聞社を訪問し、佐藤と翌日の会見を約束してもらい、七日、正式に面会した。二月七日の日記に「約の如く朝日新聞社に佐藤氏をとひ、初対面、中背の、色の白い肥つた、ビール色の髯をはやした武骨な人だつた、三分間許りで、三十円で使つてもらう約束」と書いているが、この時のいきさつを後年、金田一京助が岩手日報に綴ったものが本章二「啄木との出会い」の冒頭で引用した文章である。

啄木が冒頭に「記念すべき日」と書いた二月二四日の日記は「夜七時頃、おそくなつた夕飯に不平を起しながら晩餐をくつてると朝日の佐藤真一氏から手紙、とる手おそしと開いてみると二十五円外に夜勤一夜一円づゝ、都合三十円以上で東朝の校正に入らぬかとの文面（略）」である。これほど簡単に朝日新聞社への入社が決まったことに誰もが驚かされるに違いない。これまでまったく誰にも指摘されてこなかったことであるが、啄木の東京朝日新聞入社の陰には岩手日報関係者が関わっていたと私は睨んでいるのである。

明治四二年二月一六日の岩手日報二面に「◎福士主筆の上京」と題した短い記事がある。「本社主筆福士神川子は京浜地方仝業視察の為一昨十四日午後七時半発の列車にて上京せり」というものである。この時、神川は清岡岩手日報主幹と共に同じ列車で上京した。二人を盛岡駅まで新渡戸仙岳が見送りに行っている。その様子は、一〇日間の旅を終え三月二四日に帰盛してから二日後に始まる「かしまだち」「忙中閑話」「それからそれから」「二日目の記」「なにやかや」「清き遊び」「振える掉尾」「退京記」などの顛末記として岩手日報に掲載された。

この記事とは別に、神川は上京四日目の一八日に、アメリカ・ヨーロッパ旅行から帰国した前内務大臣原敬を新橋駅に清岡等と共に出迎えに行ったことを報じている。今回も上京二日目の一六日午前中には瀧山町の東京朝日新聞社を表敬訪問したが、「編輯長の大任ある北江君は多忙劇繁の最中であッたので、心なしの御妨げはしない記者は相見互ひである」とわずか五分で退散したと書いている。

さらに一九日には、日中池上本門寺を訪ね、星亭の墓参を行った。星が暗殺されて九年しかたっていなかった。当時の本門寺境内には銅像が置かれていたようだが、日報記事はこれには何も触れていない。夜に再び東京朝日新聞社を訪れたが北江は不在であった。一六日の訪問をわずか五分で切り上げた理由を、「◎二日目の記」の中で「後日の再開と云ふ奴がホープフルにかがやいているので、サッササッと引き返した」と書いているので、後日ゆっくり面会する約束を取りつけ、それを楽しみ待ち望んでいたことがわかる。

待望の東京朝日新聞社員との宴会は二二日夜、日蔭町の浜の家で始まった。朝日からは北江のほか上田芳一郎（方艸）、西岡雄説通信部長がやってきた。余程日程が詰まっていたのであろう。お昼と夕方二度の宴会をこなし、この日三度目の宴会であった。「◎二日目の記」にある通り、神川にとっては今回の上京で最も楽しみにしてきた宴席である。この宴会は大いに盛り上がり、深夜まで続いたようである。この記事を読んだ当初、私はあまり良い気持ちがしなかった。京浜地方仝《どう》業視察とは名ばかりで、原敬を新橋駅に出迎えた以外は連日観光旅行と宴会ばかりにうつつを抜かしているように見えたからである。しかし、啄木日記を併せ読むことにより、この会合が啄木の東京朝日入社に大きく関わっていたのではないかと考えるに至ったのである。

啄木の入社は異例ずくめである。もともと東京朝日新聞の校正係には空きがなかった。啄木はそのことを入社後に知ることになるのだが、空きがなかったことに加え、採用時期の問題もあった。朝日新聞社は年度制をとっており、本来であれば四月からでなければ入社できなかった。それが北江のおかげで年度途中にもかかわらず働けることになったのである。何故そのようなことが起こったのか。この時の事情を啄木日記から抜き出して、岩手日報記事とすり合わせてみたい。

・今日朝日新聞の佐藤北江氏へ手紙と履歴書とスバル一部おくる（明治四二年二月三日）
・予一人朝日新聞社に佐藤北江（真一氏）をとひ、明日の会見を約して（略）夕方かへる（同六日）
・約の如く朝日新聞社に佐藤氏をとひ、初対面、中背の、色の白い、肥つた、ビール色の髯をはやした武骨な人だつた。三分間許りで、三十円で使つて貰ふ約束、そのつもりで一つ運動

してみるといふ確言をえて夕方ニコ〳〵し乍らかへる、此方さへきまれば生活の心配は大分なくなるのだ（同七日）

・記念すべき日、夜七時頃、おそくなつた夕飯に不平を起しながら晩餐をくつてると朝日の佐藤真一氏から手紙、とる手おそしと開いてみると二十五円外に夜勤一夜一円づゝ、都合三十円以上で東朝の校正に入らぬかとの文面、早速承諾の旨を返事出して（同二四日）

・午後朝日社に行つて佐藤氏に逢ひ、一日から出社のことに決定、出勤は午後一時頃からで、六時頃までとのこと（同二五日）

啄木は、三月三日に手紙を書いて履歴書を送り、七日に面会して「そのうちに沙汰します」という返事を貰ったが、北江からは半月以上音沙汰がなかった。それが、二四日夜になって急に事態が動いたのである。吉報であった。

二二日夜、日蔭町の浜の家に向かったのは、盛岡から上京した岩手日報主幹清岡等、福士神川の二人と、東京朝日新聞からは編輯長佐藤北江、上田芳一郎（方艸）、西岡雄説通信部長の三人で、内輪の集まりだが岩手日報社の同窓会とも表現できるメンバーである。盛岡に戻ってから岩手日報に書いた神川の「◎二日目の記」からも、この日の三度目の宴会がいかに待ち遠しかったかを知ることができる。集まった人すべてが岩手日報に関わる人であった。

宴会の模様を記した「賑へる掉尾」の中で、啄木に関する話題にはまったく触れられていない。

しかし、この宴会の席のどこかで北江から、今月初めに手紙と一緒に履歴書を送りつけてきたあと、すぐに面会に押し掛けて来た盛岡中学中退の青年文士の話題は出なかったのだろうか。これより五年前、上京の挨拶に岩手日報を訪ねた際に、啄木を採用しようと思っていたとまで口にしたことのある二人、清岡主幹と福士主筆が同席しているのである。北江は、現在空きがないことと採用時期に問題がある事を口にしたであろうか。啄木からの私信を、自分の署名入りの岩手日報記事に利用したことまである清岡、そして、一五歳の頃から作品を岩手日報に掲載するときの手助けをしてきた福士主筆は、この時、啄木をどのように評価したであろうか。

当初、この宴会に予定されていたのは萬安である。先に到着した朝日新聞側から臨時休業だという連絡があり、会場は急遽浜の家に変更された。このため宴会はさらに遅くなった。待ちに待っていた宴会の始まりの様子を、神川は次のように表現している。

ひどい目に逢せられた。ソレは幾重にも陳謝で忽ち世話に砕ける。取敢へず真面目な要件を解決する

二二日の宴会は、朝日新聞社の仕事が終了後かなり遅くから始められたため深夜にまで及んだ。啄木の朝日入社の一件はこの日を境に事態は急速に進展したように見える。北江が啄木採用に向けて動き出したのは、二三日午後から二四日にかけての事でなかろうか。三月二四日夜七時頃、

遅くなってから急に届いた北江からの手紙の背景には、重要な決断がなされていることを考慮すべきである。

企業の人事担当者が最も恐れ悩むことは、新入社員の選考の際に見込み違いをすることである。間違えると戦力にならない社員に給料を払い続ける破目になるからである。初対面で三〇円の給料を請求してきた若者を、校正係に空きがないのに、正規の採用時期を前倒ししてまでも入社させるという決断を下すには、それなりの裏付けが要るのではないか。清岡岩手日報主幹と福士神川主筆の口添えというお墨付きがあったから、北江は、啄木採用に踏み切ることができたと考えるべきではないか。「啄木の晩年」を保証してくれた朝日新聞社入社の陰に岩手日報関係者が関わっていたと考えることはできないか。酒が入る前の「真面目な要件」の中に啄木問題が含まれていたと思うのである。

五　明治四三年以降　啄木との別れ

明治四三年四月、北江は読者を乗船させて欧米を旅する朝日新聞社主催の第二回世界一周旅行に特派員として参加することになった。出発する一か月前から、岩手日報には北江の洋行に関係する記事が頻繁に掲載されている。三月一一日には、「送別中老会」の見出しで、東京の岩手県人中老会の主催で八日に開催された東京朝日新聞社佐藤真一君世界一周会同行送別会の様子が面白おかしく報じられている。「佐藤君は近く洋行といふことの為めでもあらうが珍しく洋服姿でやって来た」とか「初めからして無礼講で盛んにお国訛が出て来る参差踊、雅人踊、金山踊まで出た」という記事が載っている。三月二九日には「新聞記者懇親会」の見出しで「去る二六日佐藤真一氏の世界周遊送別会」が開催されたとして、出席者全員の名前が公表されている。これは在京岩手県出身者の新聞雑誌記者による春季懇親会兼送別会で、上京中の清岡等、小樽新聞社長上田重良に加え、在京各社社員十数名が日本橋の偕楽園に集まった。この会には煙山専太郎も出席しており、名簿の最後に石川一の名前も認められる。

明治四三年の啄木日記はわずか一か月分しかない。「明治四十三年四月より」と題し一日から一二日までは毎日記されているが、その後一〇日以上飛んで二五、二六日と二日書かれただけで終わってしまう。この短い日記に北江が三度登場する。

・月給二十五円前借した。佐藤編輯長の洋行中、弓削田氏と安藤氏が隔日に編輯することになつた。（四月一日）

・休み。午後社に遊びに行く。佐藤氏を訪うたが不在。何も用はなかつたが、出立前に一度敬意を表しておかうと思つたのだ。（四月三日）

・午前九時半、世界一周会員の出発を新橋停車場に見送る。（四月六日）

四月六日、啄木は新橋駅で世界一周会員を見送り帰って来るが、朝日新聞社の上田芳一郎外何名かは横浜まで見送りに行っている。乗船する地洋丸が出航する時刻まで三時間もあるので、北江のために最後の送別会を開こうという事になり牛屋に入り牛鍋をつつきながら時間を過ごしたことが、四月九日の岩手日報三面に「●佐藤北江君の首途▼最後の送別会が振つてる」と題した上田方草の筆による記事の中に詳しく報じられている。

北江が洋行中の五月二五日、宮下太吉、新村忠雄らが爆発物取締罰則違反の容疑で逮捕され、六月一日には幸徳秋水、管野スガらが明治天皇暗殺を計画したとして逮捕された。数日後にこれを知った啄木は強い衝撃を受けた。これを機に二年半前に小樽であったことのある社会主義者西川光次郎と旧交を温め、同主義者の藤田四郎から社会主義関係の書籍雑誌を借りて読むようになり、八月には評論「時代閉塞の現状」を書きあげた。

明治四三年一〇月四日、啄木の妻節子は長男を出産した。長女京子の名は金田一京助からとった。長男の名は朝日新聞編集長の佐藤北江にあやかり真一と名付けた。真一は生まれた時には丈夫そうに見えたが、実際には心臓の具合が悪く虚弱であった。二七日には危篤に陥り、わずか二四日で命を失った。啄木は愛児を悼んで詠んだ歌八首を歌集『一握の砂』の最後に加えた。

社会主義に関心を抱きながら新しき明日が来るのを信じ、『樹木と果実』の創刊に意欲を燃やしていた啄木は、明治四四年に入り一月二〇日過ぎから腹が張るのが気になりだした。

二月一日に東京帝国大学付属病院三浦内科で診察を受け入院を命ぜられ、二日後に慢性腹膜炎のため同病院青山内科に入院した。六日午後、北江が見舞いに来てくれ、「物を言はないと腹がふくれるといふから、うんと書いたらふくれたのが直るだらう」と冗談を言って帰った。七日には腹水を抜く手術を受けることを、一五日には部屋が変わったことを北江に知らせてやった。三月三日午後北江が来てくれ鶯の話をして行き、一一日午前中には雪の降る中を朝日新聞社内で集めた見舞金八〇円を届けてくれた。翌一二日、啄木は礼状を書いた。石川啄木全集収録の佐藤真一宛啄木書簡は五通残されているが、これがそのうちの最初のものである。一五日には退院し、約一週間後、佐藤真一宛に手紙を書いたが、この手紙は現在残っていない。出社することもできず自宅療養が続けられるが、病状は一向に良くならない。

五月一〇日病院へ行き、さらに一か月間療養を要すという診断書を書いてもらい、翌一一日佐藤真一に手紙を書き一緒に送った。病名は肋膜炎、慢性腹膜炎であった。七月二二日の手紙には「この夏中は、出社はおろか散歩も出来さうにありません、誠に腑甲斐ない次第で御座います」と回復の兆しが見えないことを嘆いている。一一月一日の日記には「午後せつ子が社に行つて来た。前借二十七円。今月は佐藤氏へ返金するのをのばして貰つた」と記している。この日に書いた佐藤真一宛の書簡は、「誠に恐れ入りますが、今日差上ぐべき筈のもの、どうか御延期を願ひます」で始まるが、毎月願い出ている給料の前借だけでは生活費が賄いきれず、北江から個人的に借りていたものと考えられる。その後北江から一一日と二二日に二葉亭四迷全集の事について葉書が届き、それに対して二三日に返信している。

年が改まった明治四五年一月二一日、北江から「築地の海軍大学構内にある市立施療院へ入らないか」という手紙が来たのに対し、翌日啄木は「進んで施療院に入院する、但し今は母が悪くてゐるから少し待つて貰ひたい」と返事を書いた。二三日、喀血が続く母カツを近所の医者に診てもらうと、結核で左の肺はほとんど用をなしていないと告げられた。家を包んでいる不幸の原因を知った啄木は、二四日に北江に宛て長い手紙を認めた。「(母は)もう三期なんださうですから、金があつても恢復は出来ない事、金がなければ猶更の事、私もあきらめました」と一家の窮状を訴え、啄木自身の入院については「母の事がどうかなつてもまだ私のからだが直りさうがなかつたらお願ひします」と一縷の望みを北江に託している。

前年夏に妻との不和により堀合家と義絶したあと、函館で知りあって以来の親友であり生活資金の援助を続けてくれていた義弟宮崎郁雨とも縁を切っていた。北海道から上京して以来共に同宿生活をし、啄木への援助を惜しまなかった盛岡中学の先輩金田一京助も二年以上前に林静江と結婚して以来疎遠になっていた。啄木は、気持ちを北江にしか打ち明けることができなかったように見える。朝日新聞社内でも啄木一家の病状が知れわたり、杉村楚人冠の発起により集めた見舞金を一月二九日に北江が届けてくれた。二二日と二四日に北江に宛てた手紙の内容が杉村楚人冠に伝えられたものであろう。日記には「もう少しで十二時といふ時に、社の人々十七氏からの醵集見舞金三十四円四十銭を佐藤氏が態々持つて来て下すつた。外に新年宴会酒肴料（三円）も届けて下すつた。私はお礼を言ふ言葉もなかつた。」と書いている。

母カツは、三月七日に六五歳で病没した。四月に入り啄木は重体に陥り、四月一三日午前九時半、二六年二か月の短い生涯を閉じた。朝日新聞社員の身分のまま亡くなった啄木は、入院してから一年二か月間、病気で欠勤していたにもかかわらず毎月の給料を欠かさずもらうことができた。朝日歌壇に啄木をとりたてた渋川玄耳は、欠勤が目立つと「石川をどうする」と北江に詰め寄ったが「まあ放っといてくれたまえ」と答えていたという。

啄木の葬儀は土岐善麿の厚意で等光寺で行われた。そこで会葬者に対し礼を言い、始めから終りまで面倒を見ていたのが北江であった。この時の様子を金田一京助は次のように書いている。

死んだときは、あの忙しい編集長が、昼からやって来て、石川家の次の間で私とふたり、一々の弔問客へ応接してくれた人は、この編集長であった。（略）こういう態度を親しく見て、とてもこれは、普通の編集長が一校正氏に対する態度ではなく、編集長その人が、まるで啄木の兄であるよう（『啄木の命の親　朝日の佐藤編集長』）

当時、朝日新聞社内で種々の難問を抱え多忙な北江が、啄木の葬儀にまる二日以上を費やしてくれていたことになる。

啄木逝去の翌日四月一四日、朝日新聞は「石川啄木氏逝く」の見出しで「薄命なる青年詩人」と付した死亡記事を掲載した。

新詩壇の天才として歌集に望みを嘱せられたる本社石川一氏は久しく肺患にて治療中なりしが十三日午前九時半小石川区久堅町七十四番地六十四号の寓居にて逝去せり享年二七、氏は岩手県岩手郡渋民村に生まれ神童の称高く盛岡中学に在学中既に文才全校を圧し将来天才文学者たるべしとの聞えありしが中途退学して北海道に渡り函館、小樽、札幌、釧路等にて新聞社に入りその後帰郷して小学校に教鞭を執りたる事あり四十一年五月出京して本社に入りたるが昨年二月腹膜炎に罹りて大学病院に入院し同三月中旬退院し次第に快方に向ひたるも涼風肌に快き頃又もや肋膜に侵されて病休裡の人となれり本年三月七日母堂を失ひてより多感の詩人が心緒為に傷つきて病俄に重り以後は日夕病床に唯一の娯楽となし居りし新聞雑誌をだに見る能はず詩作さへ廃し唯妻子の枕辺に在りてつれづれを慰め看護に手を尽くすのみなりき著書には小説島影《しまかげ》、歌集あこがれ、一握の砂等ありあこがれの中の落ちぐしは確かに天才詩人たるの素質を證して余りある者なりとは鴎外博士の批評なるが一握の砂は清新の調と奔放の才を発揮せり尚来月発行すべき自然第一号は啄木追悼号と為すべしと云ふ

傍線部は間違いの箇所である。岩手日報の啄木死亡記事に比べると、朝日新聞の記事は翌日の一四日に出され、二日早くしかも長い。太田愛人は『石川啄木と朝日新聞　編集長佐藤北江をめぐる人々』の中で「一年以上も欠勤した校正係の死を報じた死亡記事としては破格の長文と言え

る。」と書き「小説『鳥影』が『鳥影』と誤植され、丁寧にも『しまかげ』とルビまで付いている」としている。しかし、「鳥影」に「しまかげ」とルビを振ったのであれば誤植かもしれないが、「鳥影」に「しまかげ」のルビであれば誤植とは考えられない。最初から「鳥影《しまかげ》」という風に理解していた事になる。このほかに「詩集あこがれ」が「歌集あこがれ」になっていたり「あこがれ」の中の「落櫛」が「落ちぐし」になっているほか、啄木の経歴に決定的な間違いがある。「中途退学後二度目の上京で詩集『あこがれ』を刊行し帰郷、小学校に教鞭を執った後北海道に渡り、函館、札幌、小樽、釧路にて新聞社に入り」というのが正しいところである。「四十一年五月出京して本社に入りたるも」も「四十一年五月出京して翌四十二年三月に本社に入りたる」が正確である。

一年以上も欠勤していたとはいえ何故こんなに間違いが多いのだろうか。ちなみに岩手日報死亡記事はこれほど長くはないが、まったく間違いがない。

啄木没後二年半後に佐藤真一は喉頭がんで亡くなる。朝日新聞に掲載された佐藤の死亡記事は二段におよぶ写真入りの長いものであるが、啄木死亡記事にあるような誤りは認められない。

啄木が二六年という短い生涯を閉じたとき、北江は二日間編輯長の仕事をなげうって石川家に訪れ、弔問客の接待役や葬儀の準備に奔走した。一五日に浅草の等光寺で営まれた葬儀の後、棺は町屋の火葬場に運ばれた。佐藤真一と金田一京助だけが待合室に残った。このような佐藤真一の献身的な姿を見た金田一は、「普通の編輯長が一校正子に対する態度ではなく、まるで啄木の兄のよう」だと感じ北江亡き後、彼の陰徳を証言し続けた。しかし、北江没後、直ちに編集された追悼集でも誰一人として啄木との関係について書いている人はいない。すなわち北江は啄木に関する庇護の事を誰にも漏らしていなかったと考えることができる。

葬儀の様子を見て北江の事を書き残したのは金田一京助だけであった。金田一が見ていない部分の北江の行動を書き漏らしている可能性はないのだろうか。啄木がこん睡状態に陥り、一三日早朝金田一京助は、節子が使わした人力車で久堅町の石川家に急行した。間もなくやってきた若山牧水と話しているうちに啄木の意識がはっきりしてきた。京助が背広を着ているのを見て、啄木は「今日は土曜日で学校の日でしたね。どうかいらしてください」と言った。京助は迷ったが、これなら大丈夫と思い「では、ちょっと行ってきます」と言って立ちあがり、啄木は会釈で見送った。啄木死去の知らせはその日のうちに朝日新聞社に伝えられている。そうでなければ一四日朝、東京朝日新聞に死亡記事が載るはずがない。北江は出社後に啄木が亡くなったことを知らされ、その日のうちに石川家に駆け付けたと考えることはできないだろうか。金田一京助は勤めの都合で一旦帰り、臨終にも立ちあっていないし、北江が駆けつけたのも見ておらず、知らされていなかったのではないか。金田一は北江が二日間仕事を投げうってと思っていたが、実際には三日間だった可能性が高いと考えられる。啄木臨終後に石川家に駆け付け社を離れていたため、一三日に書かれた一四日掲載予定の「石川啄木氏逝く」の記事を佐藤編輯長は見ていないのではないか。そうでなければ、「薄命なる青年詩人へ」と付した死亡記事にこれほど多くの初歩的なミスがある事の理由が説明しにくいのである。

六　佐藤北江の最後

啄木没後半年で福士神川が四九歳で亡くなり、その二年後に北江が四七歳で亡くなった。北江の病状は逐一、当時の岩手日報を始めとする盛岡市内で発行されるほかの新聞でも報じられていた。葬儀は青山斎場において基督教式で行われた。友人代表には原敬も名を連ねている。

佐藤真一の記事の多くは、大正三年四月一八日に始まった二面下のコラム「茶《ちゃ》一椀《わん》」に掲載されている。「茶一椀」の筆者は「東京　勘左衛門」と名乗る、仁王小学校を経て盛岡高等小学校を卒業し、岩手日報の世話になったことのある福士神川とも縁のある人物である。坂本安孝社主から東京にいる岩手県人の動静を主として岩手日報へ通信してくれと頼まれ記事を書き始めた。佐藤真一が登場するのは五月七日からである。「▲本県選出代議士」という表題で「岩手県は原敬独りだけが光っているが後継者がいないのか」という問いかけに答えるかたちで、一段以上の長い自説を展開している。まずは、宮杜孝一、大矢馬太郎、一ノ倉寛一ら地元の有力者の名を挙げ、さらに、阿部泥牛にも野心があろう、新渡戸博士を擔《かつ》ごうとする人もあろうとしたうえで、「若し僕をして自由に一票を投ずるを許すならば、僕は佐藤真一氏を以て好個の盛岡選出代議士候補とする」と結論づけている。

朝日新聞の同僚松山忠三郎の回想によれば、「大正三年初めに声がかれだし、四、五月になるとはなはだしくなり、友人が集まって医師に見せたところがんが発見され、病名を本人に知らせずにラジウム治療などを行った」という。

「▲本県選出代議士」記事が掲載されてからわずか一か月もたたない五月二九日の「茶一椀」に「▲佐藤真一さんは、喉頭癌らしいとの噂を私の前に持つてきた人がある、ソー言へば此春から、聲が変だと思はないではなかつた、然し御本人に訊けば聲変りさ、と真向微塵。」という記事が出た。その直後の六月三日には「●佐藤真一氏病状」と題して、ラジウム療法中だが、佐藤氏からの近信では「癌だか贋《がん》だか今以て不明但し聲が出ないのと酒が飲めないのとで聊か閉口しているのみ其他には何等の異状なく頗る健全なり」と伝えてきたことを報じている。

六月二〇日「茶一椀」では「▲三階の階段の上に立つて下を俯瞰《みおろ》して居ると、（佐藤真一の）薄くなつた頭が見える、喉頭癌の噂は真偽を究めもせずに発表したものゝ御見舞いもせずに漠然と心配して居た、ヤーと言ふを機懸《きつかけ》に、如何ですかと精一杯の御見舞をする、真一翁は軽く受けて『ガンだかシンだか解らない』とある、端なくも洒落られた、死ぬ迄洒落を言ふ人と評価が定まつて見れば唯此一言で安心も出来ない訳だが、全く潰れたと噂された聲も出る、顔の色澤《いろつや》、目鼻立、さては肉付き、何処に一點病人らしい所もない」と安心した様子を書いている。

七月三〇日に芝浦のいけすの最も上等な座敷を会場にして、岩手県関係者と坂水四郎ほかの朝日新聞関係者、田子一民他を集めた宴会が催された。幹事は菊池悟郎で、この記事の筆者である勘左衛門も出席した。この時の様子を、八月二日の岩手日報「茶一椀」は歓迎の辞のあと謝辞「夫れからが飲めや飲めや、唄は女が謡う丈、見るからに気の毒なは佐藤さん、飲まず語らず、然も此顔一枚で、不思議な事に座敷が賑ふ」と報じた。北江は、体調がすぐれないまま欠勤することなく仕事を続けていたばかりではなく、仕事を離れた酒の席にも出席して好きな酒を飲まずにいたことがわかる。

この記事から二か月後、北江は今井町の額田病院に入院した。入院四日目の北江を見舞った勘左衛門は一〇月一四日の「茶一椀」に、「▼御見舞の記」と題して「聟は此前お目にかゝつた時よりは出る、一体どういふ譯で入院したんですと訊くと胃が悪くて。（略）喉頭と胃が悪かつた所が喉頭がよくなつたのでツイ余計食ツた、其為めに胃が悪くなつた、それで入院したのサ。」と書いている。しかし、わずか二日後の一六日の岩手日報三面には「●佐藤真一氏重態」の見出しで、組織検査では癌ではないと断言できるが依然病名は不明とし「患部より分泌する不潔物が食道より胃に入る為め胃腸を害したるゝものゝ如く（略）体力を回復し得れば咽喉の方は治療の見込み立つべきも体力を回復し得ざるに於ては前途大に悲観に堪えず」と報じられた。

北江の「▼御見舞の記」記事が載った一〇月一四日の三面には、原敬総裁が夫人同伴で盛岡に到着し一〇日間滞在する予定と報じられている。

一〇月二〇日の「茶一椀」には「▲佐藤真一氏の病状に就いて、本紙上に悲観説が掲載されたやうだが、吾々は少しも悲観せずに、快報を読者に傳へる日の来る事を期待して居た、然るに其後の経過は面白くない。」と書き、坂本安孝社主に一日も早く帰京して相談相手になって欲しいと訴え、鈴木巌代議士と岩手日報主筆、そして岩手毎日新聞記者の岡山儀七にも東京へ見舞いに来るよう要請している。この要請を受けて、鈴木巌は直ちに上京し北江を見舞ったことが、二四日岩手日報に掲載されている。「●佐藤真一氏病状」記事は、二三日に盛岡に戻った鈴木巌談として「佐藤氏は目下頗る憂ふべき状態にあり一昨夜三浦博士の診断によれば愈々喉頭癌にして到底全快の見込みなし」と報じた。

二六日「茶一椀」は、「▲博士の宣告」と題して一段すべてが北江の話題で占められてる。

▲鈴木代議士の見舞いを受けた時は非常に喜んで色々な話をして柿まで喰つた（略）竹馬の友が遠方から来たのだもの…然し鈴木氏は好い潮時に見えた、其後佐藤さんの容態は愈々面白くない。▲絶望の黒い影は吾々の目の前に動き出した……（略）私はもう一時の気休めを言つて居るに忍びない、嘘偽の報告に堪へなくなつた（略）病因は正しく癌腫である、餘命幾何もない……▲朝日は由来毛色の異《かわ》つた人が多い、他社と比較して、より毛色の異《かわ》つた記者を包容して居る、常に何事か計画して居さうな人が少くない、包容力の大きい編輯長でなくツては能く之を統率して行く事が出来やう、公平無私と言はれる迄に、是等の人々を統べて来たのは容易なものではない、其一度重態と聞くや、恰も父兄の病の如く心配して居るのを見るにつけ、ア、惜しい人と思ふ。▲斯くて公平無私と謡はれた日本新聞界の巨材は倒れやうとする、清濁併せ呑むと言はれた好編輯長も惜しや長からぬ天寿を終らうとする、春秋

四十有七年、惜しい人を亡くする。

同日の三面には、盛岡市内の三新聞社と知人の代表として見舞いのため上京した鵜飼節郎の談話が「●佐藤氏最近病状」の見出しで掲載されている。

（略）二三日前より家族は病院内に寝泊まりして徹宵看護に努め朝日新聞社よりは坂水四郎氏殆ど詰切りにて毎日二三十名の社員交互に看病し（略）病室内の光景は實に悲惨を極め見るもの聞くもの悉く涙の種ならざるはなく（略）

一四日から盛岡に滞在中の原敬が、夫人とともに上京の途に就いたのは、二九日午前一〇時五〇分発の列車であった。数百名の見送り客が盛岡駅に詰めかけた。大矢馬太郎盛岡市議会議長と金田一勝定市参事は花巻駅まで、鈴木巌代議士と高橋岩手毎日新聞社長は一関駅まで同乗して見送った。盛岡で静養していた約二週間、原敬は岩手日報に掲載された佐藤真一の病状に関する記事を目の当たりにしていたのである。盛岡から東京へ向かう原敬を、助川まで出迎えに行ったのが朝日新聞記者の黒沢無冠人であった。黒沢は、雨模様の闇を衝く夜汽車の中での会話について「原総裁は佐藤君とは懇意であるから君の病気を気にしてモウ見込みはないのかなんのと優しい問を何度も私に発した、其度毎に絶食、昏睡注射など云ふ言葉を屡々繰り返しながら私の答は何時も最後になるとモウ今夜あたりはと結ぶのみであった。」と記している。

大正三年一〇月三〇日佐藤真一死去、翌三一日の岩手日報は写真と共に「●佐藤真一氏逝」「●新聞界の偉傑▼佐藤北江氏追懐」の二つの見出し記事を二段にわたる異例の長さで報じた。
大正三年一二月に発行された追悼文集『佐藤北江』の序文は、原敬が書いた。

予は北江君と郷関を同くするが故に哀傷の更に深きものあるを覚ゆ。蓋し君、人となり括淡にして功名の念なく、聞達を求めず、超然として世外の人なれども然も操觚の職に於いては忠実精勤、何ものゝ障害をも排して之に当たり、十年一日の如く不断不休の奮闘努力を為せり、性情に於いて淡きこと水の如き君は職責に於いて織烈なること火の如し。此の性情にして此の熱誠あり、以て紳士の典型とすべきなり。是に於て君の信望郷党の間に高く、特に青年、志を抱く者の景仰の中心たりしなり。

さらに、追悼文集の本文に原は「此春頃なりしと覚ゆ不図佐藤君の音声潰れたりと聞きそれは大変なり不治の病気などにあらずやと密に心配したるも佐藤君の母堂が多分風邪の為なるべく何れ其中には快癒するならんと語るに安心はしたるやうなものゝ、油断はならずと絶えず心配し(略)是非ラジウム療法こそと勧めたる次第なりしが一病遂に癒するなく本当の事業は是よりと云ふ年齢にてアノ世の人となりしは返すぐ\も残念に堪へず殊に発病以来一度も相会するの機会を得ざりしは一入《ひとしお》残念なり」と記し北江の死を悼んだ。

東京とは別に、葬儀当日盛岡市内三新聞社発起の追悼大法要が佐藤家の菩提所龍谷寺に於いて執り行われた。

北江佐藤真一は石川啄木一人だけに親身になって面倒を見たり世話を焼いていた訳ではない。盛岡市に生まれた横川省三は、自由党の加波山事件に連座し二年間入獄した後、朝日新聞に入社、千島探検随行記、日清戦争従軍観戦記を書いて人気を博した。日露戦争勃発後、軍事探偵となってロシアの鉄橋を破壊しようとしたが、ハルビン郊外で捕らえられ銃殺に処された。

横川省三が銃殺に処された後、北江は東京と盛岡で執り行われた葬儀に駆け付け、献身的に動き回り、一周忌に墓碑を建設するために五人の発起人の代表として石碑建設募金活動を始めている。「横川氏墓碑建設の企画」というタイトルの広告が岩手日報に掲載され、明治三七年秋に募金集めが行われ、半年後の三八年四月には青山墓地に沼津産の石に西園寺公望の執筆により「横川省三君之碑」と記したものが完成した。四月二二日の岩手日報には「◎横川省三氏追悼会」と題して「一周年追悼会は旧友諸氏の発企に依り一昨日午前十時より赤坂教会南坂に於いて開会せり（略）発起人代表として佐藤真一氏の挨拶あり」と記されている。板垣退助をはじめ一五〇余名の人が参加したという。佐藤真一と横川省三はともに仁王小学校で学び盛岡中学に籍を置き、東京朝日には北江の口利きで明治二三年に入社している。北江は横川省三亡き後、遺児たちの生活の面倒まで見たのである。

明治四三年五月、朝日新聞社主催の第二回世界一周会に同行した北江は、四か月の視察旅行中、各地から三五回にわたり通信を寄せている。この旅行中、身の危険を顧みず一行と別れて横川省三最後の地を訪れ「哈爾浜《ハルビン》の夕照」という記事を書き、かつて横川が数々の特殊記事で読者を沸かせた朝日の紙面において、横川の死の真相を伝えようとした。

第六章の四「晩年の福士神川」の項でも触れたが、神川亡き後一年後の追悼会で佐藤真一が発起人となって石碑を立てるための基金を募っている。追悼会の費用は全額主催者である北江と坂本安孝が負担し、その日に集まった香奠は建碑のための費用に充てるというものであった。

あとがき

恩師佐藤勝治先生のお宅を尋ね、帰り際、玄関口に見送りに来られた先生が急に思いついたように「あなたに一つ宿題をあげる。調べてごらんなさい。」と出された問題が第四章で取り上げた「結婚式前後の啄木謎の行動」であった。今から四〇年ほど前のことである。

それ以来この問題は私の頭の片隅にこびりついて離れることがなかった。

第四章の中でも触れたが、仙台を離れた啄木が盛岡に姿をあらわすまでの行動を最も詳細に論じているのは塩浦彰著『啄木との半生　節子との半生』である。この中には行方不明の啄木は大《おお》更《ぶけ》に向かい工藤寛得から金を借りたと書かれているが、啄木の借金メモは「盛岡工藤　10円」になっており、工藤寛得の住所表示を生前啄木は「岩手郡大更村」と表記し続けたことを考慮すると、私は塩浦説に納得できなかったのである。しかし、佐藤先生がお亡くなりになる前に答えを出すこともできず、解決の糸口すら見つからない状態が延々と続いた。

啄木研究に見切りをつけて工藤寛得伝記を書くつもりで明治初期からの資料を探し始めた時、

まったく予期していなかった事がおこった。

最初の著書『啄木と釧路の芸妓たち』は、小奴よりも若い釧路の売れっ子芸者市子が、啄木と親密な関係にあったという私の立てた仮説が正しければ、啄木が釧路を去った後に必ず市子を誹謗中傷する記事が釧路新聞に掲載されている筈だと考え、現地で調査した結果多くの市子記事を発見することができ、それをもとに書いた本である。

岩手日報には、数多くの工藤寛得資料と、啄木を繞る人々の消息記事が存在していたことは予想通りであったが、これまでどの研究者の目にも留まらず、まったく論じられたことがない啄木消息記事、啄木関連広告記事が続々と見つかった。啄木関連の記事や資料は洗いざらい調べ尽くされているものと考えていたがそうではなかったのである。予想外の出来事に私は驚き、また信じられない思いであった。岩手日報はまさに宝の山であった。

新資料のほとんどは、盛岡市上田公民館地下の図書室所蔵のマイクロフィルムから収集したものである。調査は三年以上におよび、その間図書室の職員の皆様に大変お世話になった。

発見した膨大な資料を整理し、さらに調査を進め発行に至るまで約五年の歳月を要した。その間に岩手大学名誉教授望月善次先生には、発見した資料の扱い方、資料の解釈、出版に至るまでのすべての過程で相談に乗っていただき懇切丁寧なご指導を賜った。

私はこれまで、国際啄木学会新潟支部の塩浦彰先生をお手本に研究を続けてきた。塩浦先生には『啄木・賢治』『国際啄木学会盛岡支部会報』掲載の拙稿を常に丁寧にお読みいただき、厳しくも暖かいご批判を頂戴した。本稿を書きあげる際に参考にさせていただいた。

国際啄木学会東京支部の横山強さんには、種々の生原稿をお送り申し上げご批判と励ましの言葉をいただいたほか、お目にかかるたびに楽しい話を聞かせていただき、啄木研究に対する多くのエネルギーを頂戴した。

国際啄木学会理事の山下多恵子さんには、初期のまったく不備な原稿の段階で本稿を見ていただいた。訂正箇所や書き改めるべき事柄などの多くの大変有益なご指摘をいただいた。国際啄木学会盛岡支部事務局長佐藤静子さん、同支部事務局会計担当千葉珠美さんには本稿の校正をお願い申し上げた。お忙しい家事の中を献身的にご協力いただいた。

弟小林眞哉には初期の段階で原稿を見てもらったほか校正をお願いし、多くの励ましの言葉をもらった。

桜出版の山田武秋、高田久美子さんには、不備な原稿を持ち込んで出版にこぎつけるまで多くのご苦労をおかけした。

この場をお借りしてお世話になりました皆様に深く感謝の意を表します。ありがとうございました。

令和元年一〇月吉日

小林　芳弘

〈参考文献〉

相沢源七編『石川啄木と仙台―石巻・荻浜』（一九七六）
朝日新聞社史　明治篇』（朝日新聞社　一九九〇）
阿部友衣子・志田澄子『啄木賢治の肖像』（岩手日報社　二〇一八）
伊五澤富雄『啄木と渋民の人々』（近代文芸社　一九九三）
『啄木全集』全八巻（筑摩書房　一九六七～一九八〇）
『石川啄木全集』全八巻（筑摩書房　一九七七～一九六八）
伊東圭一郎『人間啄木』（岩手日報社　一九九六）
岩手県教育会盛岡支部篇『郷土資料・修身科補充教材相馬大作』（一九三五）
上田博・田口道昭『啄木評論の世界』（世界思想社　一九九一）
浦田敬三『啄木その周辺』（熊谷出版印刷部　一九七七）
浦田敬三・藤井茂『磐手人名辞典』（財団法人新渡戸基金　二〇〇九）
太田愛人『石川啄木と朝日新聞　編集長佐藤北江をめぐる人々』（恒文社　一九九六）
尾崎元昭『石川啄木研究』（近代文芸社一九九三）
金田一京助『石川啄木』（文教閣　一九三四）
工藤純孝『頑固親父　工藤大助』（岩手東海新聞　一九九〇）
国際啄木学会編『石川啄木事典』（おうふう　二〇〇一）
小坂井澄『兄啄木に背きて　光子流転』（集英社　一九八六）
近藤典彦「『あこがれ』の発行日と啄木の奇行」（『国際啄木学会東京支部会報』第十六号　二〇〇八）

斎藤三郎『文献石川啄木』（青磁社　一九四二）
佐藤静子「評論『日曜通信』と自作短歌・自歌自注」（『啄木・賢治』2号　二〇一七）
『佐藤北江』（東京朝日新聞社　一九一四）
塩浦彰『啄木浪漫　節子との半生』（洋々社　一九九三）
塩浦彰「四日間の啄木のゆくえ」（『あしあと』第四三号　一九七四）
『雫石町史』（雫石教育委員会　一九七九）
清水卯之助「時刻表に探る啄木空白の軌跡」（『啄木と賢治』第十一号　一九七八）
『図説盛岡四百年』明治・大正・昭和篇下巻（郷土文化研究会　一九九一）
大興寺三十四世大岳好正『萬畳山大興寺―歴史と背景』（二〇〇七）
『啄木と岩手日報』（石川啄木記念館　一九九五）
『啄木研究』創刊号（洋々社　一九七六）
多田代三『岩手・新聞物語』（岩手日報社　一九八七）
中村稔『石川啄木論』（青土社　二〇一七）
『なつかしのアルバム盛岡寫眞帳』（トリョーコム　一九八四）
平岡敏夫『石川啄木の手紙』（大修館書店　一九九六）
福地順一『石川啄木と北海道―その人生と・文学・時代―』（鳥影社　二〇一三）
松田十刻『26年2か月　啄木の生涯』（盛岡出版コミュニティー　二〇〇九）
森義真・佐藤静子・北田まゆみ『啄木の母方の血脈―新資料　工藤家由緒系譜に拠る』（二〇〇八）
森義真『啄木の親友　小林茂雄』（盛岡出版コミュニティー　二〇一二）
森義真『啄木　ふるさと人との交わり』（盛岡出版コミュニティー　二〇一四）

『もりおか物語』（四）「仙北町かいわい」（岩手日報社　一九七五）
『盛商九十年史』（岩手県立盛岡商業高等学校90年記念史編集委員会　二〇〇四）
山田秀三『北海道の地名』（北海道新聞社　一九九四）
吉田孤羊『啄木発見』（洋々社　一九六六）
吉田孤羊『啄木を繞る人々』（改造社　一九八四）
小林芳弘『啄木と釧路の芸妓たち』（みやま書房　一九八五）
小林芳弘「啄木と『渋民村の祝勝会』記事」（『啄木・賢治』2号　二〇一七）
小林芳弘「仙台から好摩　結婚式前後の啄木謎の行動（その一）」（『啄木・賢治』3号　二〇一八）
小林芳弘「岩手日報に掲載された啄木関連広告記事」（『国際啄木学会盛岡支部会報』第二十六号　二〇一七）

＊

日進新聞（一八七八～一八八四）
岩手新聞（一八八七～一八八九）
岩手日日新聞（一八八九～一八九二）
岩手公報（一八九二～一八九九）
岩手日報（一八九九～二〇一七）
岩手公論（一九一一～一九一六）
岩手毎日新聞（一九〇一～一九一六）

小林　芳弘 プロフィール
昭和20年北海道函館市生まれ
岩手大学大学院農学研究科、北海道大学大学院農学研究科修了　農学博士　元盛岡大学短期大学部教授　社団医療法人康生会鶯宿温泉病院理事　NPO法人 石川啄木・宮澤賢治を研究し広める会副理事長　国際啄木学会前盛岡支部長
著書『啄木と釧路の芸妓たち』（昭和60年 みやま書房）ほか

石川啄木と岩手日報

2019年12月1日　第1版第1刷発行

著　者　小林　芳弘

装　幀　高田 久美子
発行人　山田　武秋
発行者　桜　出　版
岩手県紫波郡紫波町犬吠森字境122
〒028-3312
Tel（019）613-2349
Fax（019）613-2369

印刷所　モリモト印刷株式会社

ISBN978-4-903156-30-9 C0095

桜出版の啄木書籍

近藤典彦編（石川啄木著）
一握の砂
悲しき玩具

三行書き、一頁二首、見開き四首という啄木の編集意図を復元。最新の研究を反映した注・解説に加え歌番号、索引を入れた啄木歌集『一握の砂』『悲しき玩具』の定番。文庫判、各一〇〇〇円＋税。

大室精一・佐藤勝・平山陽
クイズで楽しむ啄木101

大室精一
啄木そっくりさん

『クイズで楽しむ啄木101』は、啄木の生涯や名歌をクイズ形式で楽しみながら学んでいただけます。姉妹本『啄木そっくりさん』は、自他共に啄木そっくりさんを認じる著者が次代の啄木研究を担う研究などを紹介。四六判、各一二〇〇円＋税。

佐藤勝
続 石川啄木文献書誌集大成

一九九八年から二〇一七年までの啄木の書籍、記事などを網羅。B五判上製、三〇〇〇円＋税。

西脇巽
石川啄木 若者へのメッセージ
石川啄木 不愉快な事件の真実
石川啄木 旅日記

著者はベテランの精神科医。悩める現代の若者に向けた『若者へのメッセージ』。郁雨・節子の不倫疑惑問題の真実に切り込んだ『不愉快な事件の真実』。啄木研究者、愛好者との交友を描いた『旅日記』。独特の語り口で一気に読ませる快男児の三部作です。四六判、各二〇〇〇円＋税。

目良卓
響きで楽しむ『一握の砂』

響きで楽しむ短歌。音相学で啄木名歌を分析した画期的な書です。四六判上製、一五〇〇円＋税。

遊座昭吾
―啄木と郁雨― なみだは重きものにしあるかな

「函館日日新聞」連載の郁雨の『一握の砂』評を復刻。新書判、九五二円＋税。

啄木そっくりさん

クイズで楽しむ啄木101

悲しき玩具

一握の砂

●お求めはネット書店、全国の有名書店、または桜出版へ直接ご注文下さい。